L'Art

Entretiens réunis par Paul Gsell

AUGUSTE
RODIN

L'Art

Entretiens réunis par Paul Gsell

Bernard Grasset
Paris

Auguste Rodin/L'Art

Né le 12 novembre 1840 à Paris, fils d'un petit employé, Auguste Rodin suit dès l'âge de quatorze ans les cours de l'Ecole des arts décoratifs, rue de l'Ecole-de-Médecine, dans le Quartier latin. Il y rencontre notamment Whistler, Fantin-Latour, et certaines de ses études sont corrigées par Jean-Baptiste Carpeaux qui enseigne alors le modelage. Elève assidu voire frénétique, le jeune homme passe son temps à peindre, modeler et dessiner au Louvre, à la Bibliothèque impériale; on le croise aussi, crayon en main, dans les squares et par les rues...

Par trois fois candidat malheureux à l'Ecole des beaux-arts, Rodin, vers vingt ans, doit gagner son pain chez un ornementiste. Entré à l'atelier de Carrier-Belleuse spécialisé dans les bronzes d'art, il compose bustes et figures de fantaisie, et travaille à la décoration de l'hôtel particulier de la Païva sur les Champs-Elysées. Cependant, le Salon de 1864 lui refuse le masque de l'Homme au nez cassé. *Mobilisé et finalement réformé pendant la guerre de 1870, il quitte la France pour s'établir à Bruxelles. Avec son associé et ami, le sculpteur Van*

Rasbourg, il exécute un certain nombre d'œuvres pour la Bourse et le Palais des académies de la capitale belge. En 1876, il séjourne en Italie où il étudie Michel-Ange – qui l'influencera toute sa vie – et Donatello. L'année suivante, de retour de Bruxelles, il effectue son « tour de France », et expose au Salon son modèle en plâtre, l'Age d'airain. *Cette œuvre provoque un petit scandale : les échotiers l'accusent de l'avoir moulée sur nature, elle paraît trop fidèle dans l'expression de la musculature et des lignes! Les autorités culturelles nomment une commission d'enquête... Défendu par un groupe d'artistes, Rodin finit par obtenir gain de cause. Pour s'excuser, le sous-secrétaire d'Etat aux Beaux-Arts lui commande une porte destinée au Musée des arts décoratifs, la fameuse* Porte de l'Enfer. *Dès les années quatre-vingt, Rodin produit quelques-unes de ses plus belles pièces :* Adam *et* le Penseur *(1880),* la Luxure *(1882),* l'Eternel Printemps *(1884),* Celle qui fut la belle Heaulmière *(vers 1885),* le Baiser *(1886), etc. Occupant un grand atelier, alloué par l'Etat, rue de l'Université, et appointé par la manufacture de Sèvres, il peut désormais se consacrer à son art. De 1889 à 1896, il va multiplier les chefs-d'œuvre :* la Pensée, la Douleur, *les bustes de* Rochefort *et de* Puvis de Chavannes, *le* Monument à Claude Lorrain *à Nancy,* l'Amour et la Psyché, l'Illusion... *Sa liberté, son audace lui valent néanmoins de nombreuses critiques. En 1896, il est décidé que le groupe en plâtre du* Monument à Victor Hugo, *commandé initialement pour le Panthéon, sera relégué au jardin du Luxembourg, sous prétexte que l'auteur des* Châtiments *y est représenté nu. Deux ans plus tard, Rodin est contraint de retirer du Salon son étrange et massive statue de Balzac commandée par la Société des gens de lettres : elle devait agrémenter une place de Paris, elle ne se fixera finalement qu'en 1939, sur le boulevard*

Raspail... Malgré ces déboires, ces incompréhensions, le nouveau siècle reconnaîtra définitivement le génie de Rodin. En 1900, l'année de l'Exposition universelle, il expose, lui aussi, dans un pavillon particulier de l'Alma; de riches amateurs étrangers s'arrachent ses œuvres. Toujours modeste, impénitent travailleur, Rodin, malgré sa gloire, ne cesse de sculpter : la Tentation de saint Antoine, le Sculpteur et sa muse, Roméo et Juliette, *le portrait en marbre de* Mrs S., *les hauts-reliefs des* Saisons, *etc. Il compose encore davantage de dessins et d'aquarelles. Admirateur de l'art gothique, il publie, en 1914, un livre consacré aux cathédrales de France.*

Très indépendant, inclassable, le plus grand plasticien lyrique du XIXe siècle n'a pas d'héritier. Capter la vie et le mouvement, au besoin en déformant et bosselant la matière, fut son souci constant. Il est mort le 17 novembre 1917 dans sa maison de Meudon.

Ces entretiens parus en 1911, six ans avant la mort de Rodin, proposent un voyage dans l'œuvre et la technique du sculpteur. On trouvera en fin de volume les pages humbles et flamboyantes de son testament esthétique.

Au début de ces conversations, Rodin insiste sur son travail « au service de la Nature », hérité d'une conception gréco-romaine de l'art axée sur la contemplation. Elle s'illustre par une méthode originale : dans son atelier près du Champ-de-Mars défilaient des hommes et des femmes nus ; au lieu de leur demander de poser, Rodin attendait que les modèles prennent naturellement une posture intéressante pour la fixer sur une maquette d'argile. Cette exigence de spontanéité devait lui permettre d'atteindre « la ressemblance avec l'âme ». L'artiste livre ensuite les secrets de sa science du modelé : ne jamais considérer les formes en étendue, mais toujours en profondeur, la surface doit toujours surgir comme l'extrémité d'un volume... On comprend mieux la sensualité, la vitalité de ses créations, et leur mouvement, magistralement défini comme « transition d'une attitude à une autre ». Rodin s'explique aussi sur la déchéance physique incarnée par certaines de ses statues; se référant à Baudelaire et Shakespeare qui transfigurent la laideur par l'émotion, il admet que seule compte pour lui « la vérité intense d'un caractère naturel ».

Dans l'ultime chapitre, Testament, *rédigé par ses soins, Rodin conseille aux futurs « officiants de la Beauté » d'admirer les maîtres sans les copier et d'être « farouchement véridiques » ; bref, d'« être homme avant d'être artiste ».*

Préface

Au-dessus du hameau du Val-Fleury qui dépend de Meudon, un groupe de pittoresques constructions couronnent une colline.

On devine qu'elles appartiennent à un artiste, car elles ravissent les regards.

C'est là, en effet, qu'Auguste Rodin a fixé son séjour.

Un pavillon Louis XIII en briques rouges et en pierres de taille, avec un toit à pignon élevé, lui sert d'habitation.

A côté, est une vaste rotonde précédée d'un portique à colonnes. C'est celle qui, en 1900, abritait l'Exposition particulière de ses œuvres à l'angle du pont de l'Alma. Comme elle lui plaisait, il l'a fait réédifier sur ce nouvel emplacement et il l'utilise comme atelier.

Un peu plus loin et tout au bord de l'escarpement qui, sur ce point, limite la colline, on voit un château du dix-huitième siècle ou plutôt seulement une façade, un beau portail à fronton triangulaire, encadrant une grille en fer forgé.

Ces diverses constructions émergent d'un verger idyllique.

Le site est certainement un des plus enchanteurs des environs de Paris. La nature l'avait profilé avec beaucoup d'agrément, et le statuaire qui s'y est établi a, depuis plus d'une vingtaine d'années, paré ce lieu de tous les embellissements que lui suggérait son goût.

*

L'an dernier, à la fin d'une lumineuse journée de mai, comme je me promenais avec Auguste Rodin sous les arbres qui ombragent sa charmante colline, je lui confiais mon désir d'écrire sous sa dictée ses propos sur l'Art. Il sourit.

— Quel original vous faites ! me dit-il. Vous vous intéressez donc encore à l'art. C'est une préoccupation qui n'est guère de notre temps.

Aujourd'hui les artistes et ceux qui les aiment font l'effet d'animaux fossiles. Figurez-vous un megathérium ou un diplodocus se promenant dans les rues de Paris. Voilà l'impression que nous devons produire sur nos contemporains.

Notre époque est celle des ingénieurs et des usiniers, mais non point celle des artistes.

L'on recherche l'utilité dans la vie moderne : l'on s'efforce d'améliorer matériellement l'existence : la science invente tous les jours de nouveaux procédés pour alimenter, vêtir ou transporter les hommes : elle fabrique économiquement de mauvais produits pour donner au plus grand nombre des jouissances frelatées : il est vrai qu'elle apporte aussi des perfectionnements réels à la satisfaction de tous nos besoins.

Mais l'esprit, mais la pensée, mais le rêve, il n'en est plus question. L'art est mort.

L'art, c'est la contemplation. C'est le plaisir de l'esprit qui pénètre la nature et qui y devine l'esprit dont elle est elle-même animée. C'est la joie de l'intelligence qui voit clair dans l'univers et qui le recrée en l'illuminant de conscience. L'art, c'est la plus sublime mission de l'homme puisque c'est l'exercice de la pensée qui cherche à comprendre le monde et à le faire comprendre.

Mais aujourd'hui l'humanité croit pouvoir se passer d'art. Elle ne veut plus méditer, contempler, rêver : elle veut jouir physiquement. Les hautes et les profondes vérités lui sont indifférentes : il lui suffit de contenter ses appétits corporels. L'humanité présente est bestiale : elle n'a que faire des artistes.

L'art, c'est encore le goût. C'est, sur tous les objets que façonne un artiste, le reflet de son cœur. C'est le sourire de l'âme humaine sur la maison et sur le mobilier... C'est le charme de la pensée et du sentiment incorporé à tout ce qui sert aux hommes. Mais combien sont-ils, ceux de nos contemporains qui éprouvent la nécessité de se loger ou de se meubler avec goût ? Autrefois, dans la vieille France, l'art était partout. Les moindres bourgeois, les paysans même ne faisaient usage que d'objets aimables à voir. Leurs chaises, leurs tables, leurs marmites, leurs blocs étaient jolis. Aujourd'hui l'art est chassé de la vie quotidienne. Ce qui est utile, dit-on, n'a pas besoin d'être beau. Tout est laid, tout est fabriqué à la hâte et sans grâce par des machines stupides. Les artistes sont les ennemis.

Ah ! mon cher Gsell, vous voulez noter les songeries d'un artiste. Laissez-moi vous regarder : vous êtes un homme vraiment extraordinaire !

— Je sais, lui dis-je, que l'art est le moindre souci de notre époque. Mais je souhaite que ce livre soit comme une protestation contre les idées d'aujourd'hui. Je souhaite que votre voix réveille nos contemporains et

leur fasse comprendre leur crime de laisser se perdre la meilleure part de notre héritage national : l'amour éperdu de l'Art et de la Beauté.

— Les dieux vous entendent ! fit Rodin.

*

Nous longeons la rotonde qui sert d'atelier. Sous le péristyle, sont abrités maints souvenirs antiques. Une petite vestale à demi voilée fait face à un grave orateur drapé dans une toge et, non loin d'eux, un amour chevauche tyranniquement un monstre marin. Au milieu de ces figures, deux colonnes corinthiennes d'une grâce charmante érigent leurs fûts de marbre rose. La réunion de ces précieux fragments révèle la dévotion de mon hôte pour la Grèce et pour Rome.

Sur le bord d'un bassin profond, somnolent deux beaux cygnes. A notre passage ils déroulent leur long col et font entendre un sifflement de colère. Et comme leur sauvagerie me pousse à dire que cette espèce d'oiseaux est dépourvue d'intelligence :

— Ils ont celle des lignes et cela suffit ! réplique Rodin en riant.

De place en place, l'on aperçoit sous les ombrages de petits autels cylindriques en marbre ornés de guirlandes et de bucranes. Sous une tonnelle qu'enveloppe la chevelure d'un sophora, un jeune Mithra sans tête immole un taureau sacré. A un rond-point un Eros dort sur une peau de lion : le sommeil a dompté celui qui dompte les fauves.

— Ne vous semble-t-il pas, me dit Rodin, que la verdure est le cadre le mieux approprié à la sculpture antique ? Ce petit Eros assoupi, ne dirait-on pas qu'il est le dieu de ce jardin ? Sa chair potelée est sœur de cette feuillée diaphane et luxuriante. Les artistes grecs aimaient tant la nature que leurs œuvres y baignent comme dans leur élément.

Qu'on note cet état d'esprit. D'habitude on place des statues dans un jardin pour l'embellir : Rodin, c'est pour embellir les statues. C'est que la Nature est toujours pour lui la souveraine maîtresse et la perfection infinie.

Une amphore grecque, en argile rose, qui vraisemblablement a passé des siècles au fond de la mer, car elle est incrustée de charmantes végétations madréporiques, repose sur le sol, appuyée contre un pied de buis. Elle paraît avoir été abandonnée là et cependant elle ne pourrait se présenter avec plus de grâce : car le naturel est le goût suprême.

Plus loin, l'on voit un joli torse de Vénus. Les seins en sont cachés par un mouchoir noué derrière le dos. Involontairement, l'on songe à quelque Tartuffe qui par pudeur aurait cru devoir couvrir des attraits trop impressionnants :

> *Par de pareils objets les âmes sont blessées*
> *Et cela fait venir de coupables pensées...*

Mais assurément mon hôte n'a rien de commun avec le protégé d'Orgon. Lui-même m'apprend quelle a été son idée :

— J'ai attaché ce linge sur la poitrine de cette statue, me dit-il, parce que cette partie est moins belle que le reste.

Puis par une porte dont il tire le verrou, il me fait passer sur la terrasse où il a élevé la façade dix-huitième siècle dont j'ai déjà parlé.

De près, cette noble architecture est imposante : c'est un majestueux portique monté sur huit marches : au fronton supporté par des colonnes, est sculptée une Thémis entourée d'Amours.

— Naguère, me dit mon hôte, ce beau château s'élevait sur la pente d'un coteau voisin, à Issy. Il m'arrivait souvent de l'admirer en passant. Mais des marchands de terrains l'achetèrent et le démolirent.

A ce moment, un éclair de fureur traverse son regard.

— Vous ne sauriez imaginer, continue-t-il, quelle horreur me saisit quand je vis s'accomplir ce crime. Jeter à bas ce radieux édifice ! Cela me fit le même effet que si devant moi ces malfaiteurs avaient éventré une belle vierge !

Une belle vierge ! *Rodin prononce ces mots avec un accent de pitié profonde. On sent que le corps blanc et ferme de la jeune fille est pour lui le chef-d'œuvre de la création, la merveille des merveilles !*

Il poursuit :

— Je demandai à ces sacrilèges de ne point disperser les matériaux et de me les vendre. Ils y consentirent. Je fis transporter toutes ces pierres ici pour les rajuster tant bien que mal. Malheureusement, comme vous le voyez, je n'ai encore relevé qu'une muraille.

En effet, dans son désir de se procurer sans délai une vive jouissance artistique, Rodin s'est abstenu de suivre la méthode habituelle et logique qui consiste à faire monter à la fois toutes les parties d'un bâtiment. Il n'a jusqu'à présent remis sur pied qu'une face de son château, et quand on s'avance pour regarder à travers la grille de l'entrée, l'on ne voit que de la terre battue sur laquelle des alignements de pierres indiquent le plan du bâtiment à reconstruire. Château pour les yeux... château d'artiste !

— Vraiment, murmure mon hôte, ces architectes anciens étaient de fiers hommes !... surtout quand on les compare à leurs indignes successeurs d'aujourd'hui !

Ce disant, il m'attire sur un point de la terrasse d'où le profil de pierre lui semble le plus beau.

— Comme cette silhouette, dit-il, échancre harmonieusement le ciel argenté et comme elle domine hardiment la jolie vallée qui se creuse au-dessous de nous.

Le voilà plongé dans l'extase. Il enveloppe d'un regard amoureux le monument et le paysage.

Du lieu élevé où nous nous trouvons, nos yeux embrassent une immense étendue. Là-bas la Seine, où se mirent des rangées de hauts peupliers, trace une grande boucle d'argent en s'enfuyant vers le robuste pont de Sèvres... Plus loin, c'est le blanc clocher de Saint-Cloud adossé à une colline verdoyante, ce sont les hauteurs bleuâtres de Suresnes, c'est le mont Valérien qu'estompe une brume de rêve.

A droite, Paris, le gigantesque Paris déploie jusqu'aux limites du ciel le semis de ses innombrables maisons, si petites dans l'éloignement qu'elles tiendraient, semble-t-il, dans le creux de la main; Paris, vision monstrueuse et sublime, colossal creuset où bouillonnent sans cesse et pêle-mêle, plaisirs, douleurs, forces actives, fièvres d'idéal !

CHAPITRE PREMIER

Le réalisme dans l'art

A l'extrémité de la longue rue de l'Université, tout près du Champ-de-Mars, en un vrai coin de province désert et monastique, se trouve le Dépôt des Marbres.

Dans une vaste cour envahie par l'herbe, dorment de lourds blocs grisâtres, offrant par places des cassures fraîches d'une blancheur givrée. Ce sont les marbres que l'Etat tient en réserve pour les sculpteurs qu'il honore de ses commandes.

Sur l'un des côtés de cette cour, s'alignent une dizaine d'ateliers qui ont été concédés à différents statuaires. Petite cité artistique merveilleusement calme, qui semble un béguinage d'un genre nouveau.

Rodin occupe deux de ces cellules. L'une abrite sa Porte de l'Enfer *moulée en plâtre et saisissante dans son inachèvement. Il travaille dans l'autre.*

Plus d'une fois, j'ai été lui rendre visite en ce lieu, le soir, alors qu'il terminait sa journée de noble labeur. Prenant une chaise, j'attendais le moment où la nuit le forcerait à s'arrêter : et je le regardais à l'œuvre. Le désir de mettre à profit les derniers rayons du jour lui donnait la fièvre.

Je le revois pétrissant dans la glaise de petites ébauches rapides. C'est un jeu auquel il se complaît dans l'intervalle des soins plus patients qu'il donne à de grandes figures. Ces esquisses lancées d'un jet le passionnent, parce qu'elles lui permettent de saisir au vol de beaux gestes dont la vérité fugitive pourrait échapper à une étude plus approfondie, mais plus lente.

Sa méthode de travail est singulière.

Dans son atelier circulent ou se reposent plusieurs modèles nus, hommes et femmes.

Rodin les paie pour qu'ils lui fournissent constamment l'image de nudités évoluant avec toute la liberté de la vie. Il les contemple sans cesse, et c'est ainsi qu'il s'est familiarisé de longue date avec le spectacle des muscles en mouvement. Le nu qui pour les modernes est une révélation exceptionnelle, et qui, même pour les sculpteurs, n'est généralement qu'une apparition dont la durée se limite à la séance de pose, est devenu pour Rodin une vision habituelle. Cette connaissance coutumière du corps humain, que les anciens Grecs acquéraient à contempler les exercices de la palestre, le lancement du disque, les luttes au ceste, le pancrace et les courses à pied et qui permettait à leurs artistes de parler naturellement le langage du nu, *l'auteur du* Penseur *se l'est assurée par la présence continuelle d'êtres humains dévêtus qui vont et viennent sous ses yeux. Il est arrivé de cette façon à déchiffrer l'expression des sentiments sur toutes les parties du corps.*

Le visage est généralement considéré comme le seul miroir de l'âme ; la mobilité des traits de la face nous semble l'unique extériorisation de la vie spirituelle. En réalité, il n'est pas un muscle du corps qui ne traduise les variations intérieures. Tous disent la joie ou la tristesse, l'enthousiasme ou le désespoir, la sérénité ou la fureur... Des bras qui se tendent, un torse qui s'abandonne sourient avec autant de douceur que des yeux ou des lèvres. Mais pour pouvoir interpréter tous les aspects de la chair, il faut s'être entraîné patiemment à épeler et à lire les pages de ce beau livre. C'est ce que firent les maîtres antiques aidés par les mœurs de leur civilisation. C'est ce qu'a refait Rodin de nos jours par la force de sa volonté.

Il suit du regard ses modèles; il savoure silencieusement la beauté de la vie qui joue en eux; il admire la souplesse provocante de telle jeune femme qui s'incline pour ramasser un ébauchoir, la grâce délicate de telle autre qui étire ses bras en soulevant sa chevelure d'or au-dessus de sa tête, la nerveuse vigueur d'un homme qui marche, et quand celui-ci ou celles-là donnent *un mouvement qui lui plaît, il demande que cette pose soit gardée. Alors vite il prend son argile... et une maquette est bientôt sur pied; puis avec autant de promptitude, il passe à une autre qu'il façonne de même.*

Certain soir, quand la nuit eut commencé à feutrer l'atelier de traits d'ombre, et tandis que les modèles se rhabillaient derrière des paravents, je m'entretins avec le maître de sa méthode artistique.

— Ce qui m'étonne chez vous, lui dis-je, c'est que vous agissez tout autrement que vos confrères. Je connais beaucoup d'entre eux et je les ai vus au travail. Ils font monter le modèle sur le piédestal qu'on nomme la table *et ils lui commandent de prendre telle ou telle pose. Le plus souvent même ils lui plient ou lui allongent les bras et les jambes à leur guise, ils lui inclinent*

ou lui redressent le torse et la tête suivant leur désir, tout à fait comme s'il s'agissait d'un mannequin articulé. Puis ils se mettent à la besogne.

Vous, au contraire, vous attendez que vos modèles prennent une attitude intéressante, pour la reproduire. Si bien que c'est vous qui paraissez être à leurs ordres plutôt qu'eux aux vôtres.

Rodin, qui était en train d'envelopper ses figurines de linges mouillés, me répondit doucement :

— Je ne suis pas à leurs ordres, mais à ceux de la Nature.

Mes confrères ont sans doute leurs raisons pour travailler comme vous venez de le dire. Mais, en violentant ainsi la Nature, et en traitant des créatures humaines comme des poupées, ils risquent de produire des œuvres artificielles et mortes.

Quant à moi, chasseur de vérité et guetteur de vie, je me garde d'imiter leur exemple. Je prends sur le vif des mouvements que j'observe, mais ce n'est pas moi qui les impose.

Même lorsqu'un sujet que je traite me contraint à solliciter d'un modèle une attitude déterminée, je la lui indique, mais j'évite soigneusement de le toucher pour le placer dans cette pose, car je ne veux représenter que ce que la réalité m'offre spontanément.

En tout j'obéis à la Nature et jamais je ne prétends lui commander. Ma seule ambition est de lui être servilement fidèle.

— *Pourtant, fis-je avec quelque malice, ce n'est point la Nature telle quelle que vous évoquez dans vos œuvres.*

Il s'arrêta brusquement de manier les bandelettes humides :

— Si fait, telle quelle ! répondit-il en fronçant le sourcil.

— *Vous êtes obligé de la changer...*

— En aucune façon ! Je me maudirais de le faire !

— *Mais enfin, la preuve que vous la changez, c'est que le moulage ne donnerait pas du tout la même impression que votre travail.*

Il réfléchit un court moment et me dit :

— C'est juste ! mais c'est que le moulage est moins *vrai* que ma sculpture.

Car il serait impossible à un modèle de conserver une attitude vivante pendant tout le temps qu'on mettrait à le mouler. Tandis que moi je garde dans ma mémoire l'ensemble de la pose et je demande sans cesse au modèle de se conformer à mon souvenir.

Il y a mieux.

Le moulage ne reproduit que l'extérieur ; moi je reproduis en outre l'esprit, qui certes fait bien aussi partie de la Nature.

Je vois toute la vérité et non pas seulement celle de la surface.

J'accentue les lignes qui expriment le mieux l'état spirituel que j'interprète.

Ce disant, il me montrait sur une selle près de moi une de ses plus belles statues, un jeune homme à ge-

noux qui lève vers le ciel des bras suppliants. Tout son être est tiré par l'angoisse. Le corps se renverse. Le thorax s'enfle, le cou se tend avec désespoir, et les mains sont comme projetées vers quelque être de mystère auquel elles voudraient se raccrocher.

— Tenez ! me dit Rodin, j'ai accusé la saillie des muscles qui traduisent la détresse. Ici, ici, là... j'ai exagéré l'écartèlement des tendons qui marquent l'élan de la prière...

Et du geste, il soulignait les parties les plus nerveuses de son œuvre.

— *Je vous tiens, maître ! fis-je ironiquement : vous dites vous-même que vous avez* accusé, accentué, exagéré. *Vous voyez donc bien que vous avez changé la Nature.*

Il se mit à rire de mon obstination.

— Eh bien non ! répondit-il, je ne l'ai pas changée. Ou plutôt, si je l'ai fait, c'était sans m'en douter sur le moment même. Le sentiment, qui influençait ma vision, m'a montré la Nature telle que je l'ai copiée...

Si j'avais voulu modifier ce que je voyais, et faire plus beau, je n'aurais rien produit de bon.

Un instant après, il reprit :

— Je vous accorde que l'artiste n'aperçoit pas la Nature comme elle apparaît au vulgaire, puisque son émotion lui révèle les vérités intérieures sous les apparences.

Mais enfin le seul principe en art est de copier ce que l'on voit. N'en déplaise aux marchands d'esthétique, toute autre méthode est funeste. Il n'y a point de recette pour embellir la Nature.

Il ne s'agit que de *voir*.

Oh ! sans doute, un homme médiocre en copiant ne fera jamais une œuvre d'art : c'est qu'en effet il regarde sans *voir*, et il aura beau noter chaque détail avec minutie, le résultat sera plat et sans caractère. Mais le métier d'artiste n'est pas fait pour les médiocres et à ceux-là les meilleurs conseils ne sauraient donner le talent.

L'artiste au contraire *voit* : c'est-à-dire que son œil enté sur son cœur lit profondément dans le sein de la Nature.

Voilà pourquoi l'artiste n'a qu'à en croire ses yeux.

CHAPITRE II

Pour l'artiste, tout est beau dans la nature

Un *autre jour, étant auprès de Rodin dans son grand atelier de Meudon, je regardais un moulage de cette statuette, si* magnifique de laideur, *qu'il fit en prenant pour texte la poésie de Villon sur la* Belle Heaulmière.

La courtisane qui jadis fut radieuse de jeunesse et de grâce, est maintenant repoussante de décrépitude. Autant elle était orgueilleuse de son charme, autant elle a honte de sa hideur.

Ha ! vieillesse félonne et fière,
Pourquoi m'as si tôt abattue ?
Qui me tient que je ne me fière (frappe)
Et qu'à ce coup je ne me tue !

Le statuaire a suivi pas à pas le poète.

Sa vieille ribaude plus ratatinée qu'une momie se lamente sur sa déchéance physique.

Courbée en deux, à croppetons, elle promène son regard désespéré sur ses seins, lamentables poches vides, sur son ventre affreusement plissé, sur ses bras et ses jambes plus noueux que des ceps de vigne :

Quand je pense, las ! au bon temps,
Quelle fus, quelle devenue,
Quand me regarde toute nue
Et je me vois si très changée,
Pauvre, sèche, maigre, menue,
Je suis presque tout enragée !
Qu'est devenu ce front poli,
Ces cheveux blonds...
. . . .
Ces gentes épaules menues,
Petits tétins, hanches charnues,
Elevées, propres, faictisses (faites à souhait)
A tenir d'amoureuses lices ;
. . . .
C'est d'humaine beauté l'issue !
Les bras courts et les mains contraictes, (contractées)
Les épaules toutes bossues,
Mamelles, quoi ! toutes retraites (desséchées)
Telles les hanches que les tettes !
... Quand aux cuisses,

Cuisses ne sont plus, mais cuissettes
Grivelées comme saucisses !

Le sculpteur n'est point resté au-dessous du poète. Au contraire, son œuvre dans l'effroi qu'elle inspire est peut-être plus expressive encore que les vers si truculents de maître Villon. La peau tombe en nappes flasques sur le squelette apparent : les cerceaux de la carcasse s'accusent sous le parchemin qui la recouvre : et tout cela branle, flageole, se racornit, se recroqueville.

Et de ce spectacle à la fois grotesque et navrant, se dégage une grande tristesse.

Car ce qu'on a devant soi, c'est la détresse infinie d'une pauvre âme falote qui, éprise de jeunesse et de beauté éternelles, assiste impuissante à l'ignominieuse disgrâce de son enveloppe ; c'est l'antithèse de l'être spirituel qui réclame la joie sans fin, et du corps qui s'en va, se dissout, s'anéantit. La réalité dépérit et la chair agonise ; mais le rêve et le désir sont immortels.

Voilà ce que Rodin a voulu nous faire entendre.

Et je ne sache pas qu'aucun artiste ait jamais évoqué la vieillesse avec une crudité si féroce.

Si pourtant ! Au Baptistère de Florence, on voit sur un autel une étrange statue de Donatello, une vieille femme toute nue ou du moins uniquement drapée de ses longs cheveux clairsemés qui se plaquent crasseux sur son corps en ruine. C'est sainte Madeleine retirée au désert et qui, chargée d'années, offre à Dieu les cruelles macérations auxquelles elle soumet son corps pour le punir des soins damnables qu'autrefois elle lui prodigua.

La farouche sincérité du maître florentin est telle qu'assurément celle de Rodin ne la surpasse pas. Mais d'ailleurs le sentiment des deux œuvres diffère. Tandis que la sainte Madeleine dans sa volonté de renonciation semble d'autant plus rayonnante de joie qu'elle se voit plus répugnante, la vieille Heaulmière est terrifiée de se trouver toute semblable à un cadavre.

La sculpture moderne est donc beaucoup plus tragique que l'ancienne.

Ayant pendant quelques moments contemplé en silence le merveilleux modèle d'horreur *que j'avais sous les yeux :*

— Maître, dis-je à mon hôte, nul n'admire plus que moi cette étonnante figure ; mais j'espère que vous ne m'en voudrez pas de vous faire connaître l'effet qu'elle produit au Musée du Luxembourg sur beaucoup de visiteurs et surtout de visiteuses...

— Vous m'obligerez de me l'apprendre.

— *Eh bien ! en général le public se détourne en s'écriant : Fi ! que c'est laid.*

Et j'ai souvent remarqué des femmes qui se couvraient les yeux de leurs mains pour se soustraire à cette vision.

Rodin se mit à rire de bon cœur.

— Il faut croire, dit-il, que mon œuvre est éloquente pour provoquer des impressions si vives ; et sans doute ces personnes redoutent les vérités philosophiques trop rudes.

Mais ce qui m'importe uniquement, c'est l'opinion des gens de goût et j'ai été ravi de recueillir leurs suffrages au sujet de ma *vieille Heaulmière.* Je suis comme cette cantatrice romaine qui répondait aux huées populaires : *Equitibus cano ! Je ne chante que pour les chevaliers !* c'est-à-dire pour les connaisseurs.

Le vulgaire s'imagine volontiers que ce qu'il juge laid dans la réalité n'est pas matière artistique. Il voudrait nous interdire de représenter ce qui lui déplaît et l'offense dans la Nature.

C'est une profonde erreur de sa part.

Ce qu'on nomme communément *laideur* dans la Nature peut dans l'art devenir d'une grande beauté.

Dans l'ordre des choses réelles, on appelle *laid* ce qui est difforme, ce qui est malsain, ce qui suggère l'idée de la maladie, de la débilité et de la souffrance, ce qui est contraire à la régularité, signe et condition de la santé et de la force ; un bossu est *laid*, un bancal est *laid*, la misère en haillons est *laide.*

Laides encore l'âme et la conduite de l'homme immoral, de l'homme vicieux et criminel, de l'homme anormal qui nuit à la société; *laide*, l'âme du parricide, du traître, de l'ambitieux sans scrupules.

Et il est légitime que des êtres et des objets dont on ne peut attendre que du mal soient désignés par une épithète odieuse.

Mais qu'un grand artiste ou un grand écrivain s'empare de l'une ou de l'autre de ces *laideurs*, instantanément il la transfigure... d'un coup de baguette magique il en fait de la beauté : c'est de l'alchimie, de la féerie !

Que Velasquez peigne Sebastian, le nain de Philippe IV, il lui prête un regard si émouvant que nous y lisons tout de suite le douloureux secret de cet infirme forcé, pour assurer son existence, d'aliéner sa dignité humaine, de devenir un jouet, une marotte vivante... Et plus est poignant le martyre de la conscience logée dans ce corps monstrueux, plus l'œuvre de l'artiste est belle.

Que François Millet représente un pauvre rustre qui souffle un moment en s'appuyant sur le manche de sa houe, un misérable cassé par la fatigue, cuit par le soleil, aussi abruti qu'une bête de somme rouée de coups, il n'a qu'à accuser dans l'expression de ce damné la résignation au supplice ordonné par le Destin, pour que cette créature de cauchemar devienne un magnifique symbole de l'Humanité tout entière.

Que Baudelaire décrive une charogne immonde, visqueuse et rongée de vers, et qu'il imagine sous cet épouvantable aspect sa maîtresse adorée, rien n'égale en splendeur cette terrible opposition de la Beauté qu'on voudrait éternelle et de l'atroce désagrégation qui l'attend :

Et pourtant vous serez semblable à cette ordure,
A cette horrible infection,
Etoile de mes yeux, Soleil de ma Nature,
O mon ange et ma passion !

Oui, telle vous serez, ô la reine des Grâces
Après les derniers sacrements,
Quand vous irez sous l'herbe et les floraisons grasses
Pourrir parmi les ossements...

Alors, ô ma Beauté, dites à la vermine
Qui vous mangera de baisers
Que j'ai gardé la forme et l'essence divine
De mes amours décomposées !

Et de même lorsque Shakespeare peint Iago ou Richard III, lorsque Racine peint Néron et Narcisse, la laideur morale interprétée par des esprits si clairs et si pénétrants devient un merveilleux thème de Beauté.

C'est qu'en effet, dans l'Art, est beau uniquement ce qui a du *caractère.*

Le *caractère*, c'est la vérité intense d'un spectacle naturel quelconque, beau ou laid : et même c'est ce qu'on pourrait appeler une *vérité double* : car c'est celle du dedans traduite par celle du dehors ; c'est l'âme, le sentiment, l'idée, qu'expriment les traits d'un visage, les gestes et les actions d'un être humain, les tons d'un ciel, la ligne d'un horizon.

Or pour le grand artiste, tout dans la Nature offre du caractère : car l'intransigeante franchise de son observation pénètre le sens caché de toute chose.

Et ce qui est considéré comme laid dans la Nature présente souvent plus de *caractère* que ce qui est qualifié beau, parce que dans la crispation d'une physionomie maladive, dans le ravinement d'un masque vicieux, dans toute déformation, dans toute flétrissure, la vérité intérieure éclate plus aisément que sur des traits réguliers et sains.

Et comme c'est uniquement la puissance du *caractère* qui fait la beauté de l'Art, il arrive souvent que plus un être est laid dans la Nature, plus il est beau dans l'Art.

Il n'y a de laid dans l'Art que ce qui est sans caractère, c'est-à-dire ce qui n'offre aucune vérité extérieure ni intérieure.

Est laid dans l'Art ce qui est faux, ce qui est artificiel, ce qui cherche à être joli ou beau au lieu d'être expressif, ce qui est mièvre et précieux, ce qui sourit sans motif, ce qui se manière sans raison, ce qui se cambre et se carre sans cause, tout ce qui est sans âme et sans vérité, tout ce qui n'est que parade de beauté ou de grâce, tout ce qui ment.

Quand un artiste, dans l'intention d'embellir la Nature, ajoute du vert au printemps, du rose à l'aurore, du pourpre à de jeunes lèvres, il crée de la laideur parce qu'il ment.

Quand il atténue la grimace de la douleur, l'avachissement de la vieillesse, la hideur de la perversité, quand il arrange la Nature, quand il la gaze, la déguise, la tempère pour plaire au public ignorant, il crée de la laideur, parce qu'il a peur de la vérité.

Pour l'artiste digne de ce nom, tout est beau dans la Nature, parce que ses yeux, acceptant intrépidement toute vérité extérieure, y lisent sans peine, comme à livre ouvert, toute vérité intérieure.

Il n'a qu'à regarder un visage humain pour déchiffrer une âme ; aucun trait ne le trompe, l'hypocrisie est pour lui aussi transparente que la sincérité ; l'inclinaison d'un front, le moindre froncement de sourcils, la fuite d'un regard lui révèle les secrets d'un cœur.

Il scrute l'esprit replié de l'animal. Ebauche de sentiments et de pensées, sourde intelligence, rudiments de tendresse, il perçoit toute l'humble vie morale de la bête dans ses regards et dans ses mouvements.

Il est de même le confident de la Nature insensible. Les arbres, les plantes lui parlent comme des amis.

Les vieux chênes noueux lui disent leur bienveillance pour l'humanité qu'ils protègent de leurs branches éployées.

Les fleurs s'entretiennent avec lui par la courbe gracieuse de leur tige, par les nuances chantantes de leurs pétales : chaque corolle dans l'herbe est un mot affectueux que lui adresse la Nature.

Pour lui la vie est une infinie jouissance, un ravissement perpétuel, un enivrement éperdu.

Non pas que tout lui paraisse bon, car la souffrance qui s'attaque si souvent à ceux qu'il chérit et à lui-même démentirait cruellement cet optimisme.

Mais pour lui tout est beau, parce qu'il marche sans cesse dans la lumière de la vérité spirituelle.

Oui, même dans la souffrance, même dans la mort d'êtres aimés et jusque dans la trahison d'un ami, le grand artiste, et j'entends par ce mot le poète aussi bien que le peintre ou le sculpteur, trouve la tragique volupté de l'admiration.

Il a parfois le cœur à la torture, mais plus fortement encore que sa peine, il éprouve l'âpre joie de comprendre et d'exprimer. Dans tout ce qu'il voit, il saisit clairement les intentions du destin. Sur ses propres angoisses, sur ses pires blessures, il fixe le regard enthousiaste de l'homme qui a deviné les arrêts du sort. Trompé par un être cher, il chancelle sous le coup, puis, se raffermissant, il contemple le perfide comme un bel exemple de bassesse, il salue l'ingratitude comme une expérience dont s'enrichit son âme. Son extase est parfois terrifiante, mais c'est du bonheur encore parce que c'est la continuelle adoration de la vérité.

Quand il aperçoit les êtres qui se détruisent les uns les autres, toute jeunesse qui se fane, toute vigueur qui fléchit, tout génie qui s'éteint, quand il voit face à face la volonté qui décréta toutes ces sombres lois, plus que jamais il jouit de savoir et, rassasié de vérité, il est formidablement heureux.

CHAPITRE III

Le modelé

UN *soir que j'étais venu rendre visite à Rodin, dans son atelier, la nuit tomba très vite, tandis que nous causions.*

— Avez-vous déjà regardé une statue antique à la lampe ? me demanda tout à coup mon hôte.

— *Ma foi non ! fis-je avec quelque surprise.*

— Je vous étonne et vous semblez considérer comme une fantaisie bizarre l'idée de contempler de la sculpture autrement qu'en plein jour.
Assurément la lumière naturelle est celle qui permet le mieux d'admirer une belle œuvre dans son ensemble... Mais, attendez un peu !... Je veux vous faire assister à une sorte d'expérience qui sans doute vous instruira...

Tout en parlant, il avait allumé une lampe.
Il la prit et me conduisit vers un torse de marbre qui s'érigeait sur un socle dans un angle de l'atelier.

C'était une délicieuse petite copie antique de la Vénus de Médicis. Rodin la gardait là pour stimuler sa propre inspiration au cours de son travail.

— Approchez ! me dit-il.

Il éclaira le ventre à jour frisant en tenant la lampe sur le côté de la statue et le plus près qu'il était possible.

— Que remarquez-vous ? interrogea-t-il.

Du premier coup d'œil, j'étais extraordinairement frappé de ce qui soudain se révélait à moi. La lumière ainsi dirigée me faisait en effet apercevoir sur la surface du marbre des quantités de saillies et de dépressions légères que jamais je n'y eusse soupçonnées.
Je le dis à Rodin.

— Bon ! approuva-t-il.

Puis :

— Regardez bien !

En même temps, il fit virer très doucement le plateau mobile qui portait la Vénus.
Durant cette rotation, je continuai à noter dans la forme générale du ventre une foule d'imperceptibles ressauts. Ce qui de prime abord semblait simple était en réalité d'une complexité sans égale.
Je confiai mes observations au maître sculpteur.
Il hochait la tête en souriant.

— N'est-ce pas merveilleux ? répétait-il. Convenez que vous ne vous attendiez pas à découvrir tant de détails. Tenez !... voyez donc les ondulations infinies du vallonnement qui relie le ventre à la cuisse... Savourez toutes les incurvations voluptueuses de la hanche... Et maintenant, là... sur les reins, toutes ces fossettes adorables.

Il parlait bas avec une ardeur dévote. Il se penchait sur ce marbre comme s'il en eût été amoureux.

— C'est de la vraie chair ! disait-il.

Et rayonnant, il ajouta :

— On la croirait pétrie sous des baisers et des caresses !

Puis, soudain, mettant la main à plat sur la hanche de la statue :

— On s'attendrait presque, en tâtant ce torse, à le trouver chaud.

Quelques moments après :

— Eh bien ! que pensez-vous à présent du jugement qu'on porte d'ordinaire sur l'art grec ?

On dit – c'est l'Ecole académique qui, surtout, a répandu cette opinion – que les Anciens, dans leur culte pour l'idéal, ont méprisé la chair comme vulgaire et basse et qu'ils se sont refusés à reproduire dans leurs œuvres les mille détails de la réalité matérielle.

On prétend qu'ils ont voulu donner des leçons à la

Nature en créant avec des formes simplifiées une Beauté abstraite qui ne s'adresse qu'à l'esprit et ne consent point à flatter les sens.

Et ceux qui tiennent ce langage s'autorisent de l'exemple qu'ils s'imaginent trouver dans l'art antique pour corriger la Nature, la châtrer, la réduire à des contours secs, froids et tout unis qui n'ont aucun rapport avec la vérité.

Vous venez de constater à quel point ils se trompent.

Sans doute, les Grecs, avec leur esprit puissamment logique, accentuaient d'instinct l'essentiel. Ils accusaient les traits dominants du type humain. Néanmoins, ils ne supprimèrent jamais le détail vivant. Ils se contentèrent de l'envelopper et de le fondre dans l'ensemble. Comme ils étaient épris de rythmes calmes, ils atténuèrent involontairement les reliefs secondaires qui pouvaient heurter la sérénité d'un mouvement ; mais ils se gardèrent de les effacer tout à fait.

Jamais, ils ne firent du mensonge une méthode.

Pleins de respect et d'amour pour la Nature, ils la représentèrent toujours telle qu'ils la virent. Et en toute occasion ils témoignèrent éperdument leur adoration pour la chair. Car c'est folie de croire qu'ils la dédaignaient. Chez aucun peuple, la beauté du corps humain n'excita une tendresse plus sensuelle. Un ravissement d'extase semble errer sur toutes les formes qu'ils modelèrent.

Ainsi s'explique l'incroyable différence qui sépare de l'art grec, le faux idéal académique.

Tandis que chez les Anciens la généralisation des lignes est une totalisation, une résultante de tous les détails, la simplification académique est un appauvrissement, une vide boursouflure.

Tandis que la vie anime et réchauffe les muscles

palpitants des statues grecques, les poupées inconsistantes de l'art académique sont comme glacées par la mort.

Il se tut quelque temps, puis :

— Je vais vous confier un grand secret.

L'impression de vie réelle que nous venons d'éprouver devant cette Vénus, savez-vous par quoi elle est produite ?

Par la science du modelé.

Ces mots vous semblent une banalité, mais vous allez en mesurer toute l'importance.

La *science du modelé* me fut enseignée par un certain Constant qui travaillait dans l'atelier de décoration où je fis mes débuts de sculpteur.

Un jour me regardant façonner dans la glaise un chapiteau orné de feuillage :

— Rodin, me dit-il, tu t'y prends mal. Toutes tes feuilles se présentent à plat. Voilà pourquoi elles ne paraissent pas réelles. Fais-en donc qui dardent leur pointe vers toi, de sorte qu'en les voyant on ait la sensation de la profondeur.

Je suivis son conseil et je fus émerveillé du résultat que j'obtins.

— Souviens-toi bien de ce que je vais te dire, reprit Constant. Quand tu sculpteras désormais, ne vois jamais les formes en étendue, mais toujours en profondeur... Ne considère jamais une surface que comme l'extrémité d'un volume, comme la pointe plus ou moins large qu'il dirige vers toi. C'est ainsi que tu acquerras la *science du modelé*.

Ce principe fut pour moi d'une étonnante fécondité.

Je l'appliquai à l'exécution des figures. Au lieu d'imaginer les différentes parties du corps comme des surfaces plus ou moins planes, je me les représentai comme les saillies des volumes intérieurs. Je m'efforçai de faire sentir dans chaque renflement du torse ou des membres l'affleurement d'un muscle ou d'un os qui se développait en profondeur sous la peau.

Et ainsi la vérité de mes figures, au lieu d'être superficielle, sembla s'épanouir du dedans au dehors comme la vie même...

Or j'ai découvert que les Anciens pratiquaient précisément cette méthode de modelé. Et c'est certainement à cette technique que leurs œuvres doivent à la fois leur vigueur et leur souplesse frémissante.

Rodin contemplait de nouveau son exquise Vénus grecque. Et soudain :

— A votre avis, Gsell, la couleur est-elle une qualité de peintre ou de sculpteur ?

— *De peintre, naturellement !*

— Eh bien ! observez donc cette statue.

Ce disant, il élevait la lampe autant qu'il pouvait afin d'éclairer de haut le torse antique.

— Voyez ces lumières fortes sur les seins, ces ombres énergiques aux plis de la chair et puis ces blondeurs, ces demi-clartés vaporeuses et comme tremblantes sur les parties les plus délicates de ce corps divin, ces passages si finement estompés qu'ils semblent se dissoudre dans l'air. Qu'en dites-vous ? N'est-ce pas là une prodigieuse symphonie en blanc et noir ?

Je dus en convenir.

— Si paradoxal que cela paraisse, les grands sculpteurs sont aussi coloristes que les meilleurs peintres ou plutôt les meilleurs graveurs.

Ils jouent si habilement de toutes les ressources du relief, ils marient si bien la hardiesse de la lumière à la modestie de l'ombre que leurs sculptures sont savoureuses comme les plus chatoyantes eaux-fortes.

Or la couleur, – c'est à cette remarque que je voulais en venir, – est comme la fleur du beau modelé. Ces deux qualités s'accompagnent toujours et ce sont elles qui donnent à tous les chefs-d'œuvre de la statuaire le rayonnant aspect de la chair vivante.

CHAPITRE IV

Le mouvement dans l'art

Au *Musée du Luxembourg, il y a deux statues de Rodin qui surtout m'attirent et me captivent :* l'Age d'Airain *et le* Saint-Jean-Baptiste. *Elles sont encore plus vivantes que les autres, s'il est possible. Les œuvres du même auteur qui leur tiennent compagnie dans cette galerie sont toutes assurément frémissantes de vérité : elles produisent toutes l'impression de la chair réelle ; toutes respirent, mais celles-ci se meuvent.*

Un jour, dans l'atelier du maître à Meudon, je lui fis part de ma prédilection pour ces deux figures.

— Elles peuvent en effet compter, me dit-il, parmi celles dont j'ai le plus accentué la mimique. J'en ai d'ailleurs créé d'autres dont l'animation n'est pas moins frappante : mes *Bourgeois de Calais*, mon *Balzac*, mon *Homme qui marche*, par exemple.

Et même dans celles de mes œuvres dont l'action est moins accusée, j'ai toujours cherché à mettre quelque indication de geste : il est bien rare que j'aie représenté le repos complet. J'ai toujours essayé de rendre les sentiments intérieurs par la mobilité des muscles.

Il n'est pas jusqu'à mes bustes auxquels je n'aie souvent donné quelque inclination, quelque obliquité, quelque direction expressive pour augmenter la signification de la physionomie.

L'art n'existe pas sans la vie. Qu'un statuaire veuille interpréter la joie, la douleur, une passion quelconque, il ne saurait nous émouvoir que si d'abord il sait faire vivre les êtres qu'il évoque. Car que serait pour nous la joie ou la douleur d'un objet inerte,... d'un bloc de pierre ? Or l'illusion de la vie s'obtient dans notre art par le bon modelé et par le mouvement. Ces deux qualités sont comme le sang et le souffle de toutes les belles œuvres.

— Maître, lui dis-je, vous m'avez déjà parlé du modelé et j'ai observé que, depuis, je goûte mieux les chefs-d'œuvre de la sculpture ; je voudrais vous questionner sur le mouvement, qui, je le sens, n'a pas moins d'importance.

*Quand je regarde votre personnage de l'*Age d'Airain *qui s'éveille, emplit d'air ses poumons et lève ses bras, ou bien votre* Saint Jean-Baptiste *qui paraît vouloir quitter son piédestal pour porter partout ses paroles de foi, mon admiration se mélange d'étonnement. Il me semble qu'il y a un peu de sorcellerie dans cette science de faire remuer le bronze. J'ai, d'ailleurs, souvent examiné d'autres chefs-d'œuvre dus à vos glorieux devanciers, par exemple le* Maréchal Ney *et la* Marseillaise *de Rude, la* Danse *de Carpeaux, les fauves de Barye, et j'avoue n'avoir jamais trouvé une explication tout à fait satisfaisante de l'effet que ces sculptures produisaient sur moi. J'en reste à me demander comment des masses d'airain* *ou de pierre semblent réellement bouger, comment des figures évidemment immobiles paraissent agir et même se livrer à de très violents efforts.*

— Puisque vous me prenez pour un sorcier, répondit Rodin, je vais essayer de faire honneur à ma réputation en accomplissant une tâche beaucoup plus malaisée pour moi que d'animer le bronze : celle d'exprimer comment j'y parviens.

Notez d'abord que *le mouvement est la transition d'une attitude à une autre.*

Cette simple remarque qui a l'air d'un truisme est, à vrai dire, la clé du mystère.

Vous avez lu certainement dans Ovide comment Daphné est transformée en laurier et Progné en hirondelle. Le charmant écrivain montre le corps de l'une se couvrant d'écorce et de feuilles, les membres de l'autre se revêtant de plumes, de sorte qu'en chacune d'elles on voit encore la femme qu'elle va cesser d'être et l'arbuste ou l'oiseau qu'elle va devenir. Vous vous rappelez aussi comment dans l'*Enfer* du Dante, un serpent se plaquant contre le corps d'un damné se convertit lui-même en homme tandis que l'homme se change en reptile. Le grand poète décrit si ingénieusement cette scène qu'en chacun de ces deux êtres, l'on suit la lutte des deux natures qui s'envahissent progressivement et se suppléent l'une l'autre.

C'est en somme une métamorphose de ce genre qu'exécute le peintre ou le sculpteur en faisant mouvoir ses personnages. Il figure le passage d'une pose à une autre : il indique comment insensiblement la première glisse à la seconde. Dans son œuvre, on discerne encore une partie de ce qui fut et l'on découvre en partie ce qui va être.

Un exemple vous éclairera mieux.

Vous avez cité tout à l'heure le *Maréchal Ney*, de Rude. Vous rappelez-vous suffisamment cette figure ?

— *Oui, lui dis-je. Le héros lève son épée et, à tue-tête, il crie :* En avant ! *à ses troupes.*

— C'est juste ! Eh bien ! quand vous passerez devant cette statue, regardez-la mieux encore.

Vous remarquerez alors ceci : les jambes du maréchal et la main qui tient le fourreau du sabre sont placées dans l'attitude qu'elles avaient quand il a dégainé : la jambe gauche s'est effacée afin que l'arme s'offrît plus facilement à la main droite qui venait la tirer et, quant à la main gauche, elle est restée un peu en l'air comme si elle présentait encore le fourreau.

Maintenant, considérez le torse. Il devait être légèrement incliné vers la gauche au moment où s'exécutait le geste que je viens de décrire ; mais le voilà qui se redresse, voilà que la poitrine se bombe, voilà que la tête se tournant vers les soldats rugit l'ordre d'attaquer, voilà qu'enfin le bras droit se lève et brandit le sabre.

Ainsi, vous avez bien là une vérification de ce que je vous disais : le mouvement de cette statue n'est que la métamorphose d'une première attitude, celle que le maréchal avait en dégainant, en une autre, celle qu'il a quand il se précipite vers l'ennemi, l'arme haute.

C'est là tout le secret des gestes que l'art interprète. Le statuaire contraint, pour ainsi dire, le spectateur à suivre le développement d'un acte à travers un personnage. Dans l'exemple que nous avons choisi, les yeux remontent forcément des jambes au bras levé, et comme, durant le chemin qu'ils font, ils trouvent les différentes parties de la statues représentées à des moments successifs, ils ont l'illusion de voir le mouvement s'accomplir.

*Il y avait précisément dans le grand hall où nous étions les moulages de l'*Age d'Airain *et du* Saint Jean-Baptiste. *Rodin m'invita à les regarder.*

Et tout de suite, je reconnus la vérité de ses paroles.

Je remarquai que, dans la première de ces œuvres, le mouvement paraît monter comme dans la statue de Ney. Les jambes de cet adolescent qui n'est pas complètement réveillé sont encore molles et presque vacillantes ; mais à mesure que le regard s'élève, on voit l'attitude se raffermir : les côtes se haussent sous la peau, le thorax se dilate, le visage se dirige vers le ciel et les deux bras s'étirent pour achever de secouer leur torpeur.

Ainsi le sujet de cette sculpture est le passage de la somnolence à la vigueur de l'être prêt à agir.

Ce geste lent du réveil apparaît d'ailleurs d'autant plus majestueux qu'on devine l'intention symbolique. Car il représente, à vrai dire, comme l'indique le tire de l'œuvre, la première palpitation de la conscience dans l'humanité encore toute neuve, la première victoire de la raison sur la bestialité des Ages préhistoriques.

J'étudiai ensuite de la même façon le Saint Jean-Baptiste. *Et je vis que le rythme de cette figure se ramenait encore, comme me l'avait dit Rodin, à une sorte d'évolution entre deux équilibres. Le personnage appuyé d'abord sur le pied gauche qui pousse le sol de toute sa force, semble se balancer à mesure que le regard se porte vers la droite. On voit alors tout le corps s'incliner dans cette direction, puis la jambe droite avance et le pied s'empare puissamment de la terre. En même temps, l'épaule gauche qui s'élève semble vouloir ramener le poids du torse de son côté pour aider la jambe restée en arrière à revenir en avant. Or, la science du sculpteur a consisté précisément à imposer au spectateur toutes ces constatations dans l'ordre où je viens de les indiquer, de manière que leur succession donnât l'impression du mouvement.*

Au surplus, le geste du Saint Jean-Baptiste *recèle de même que celui de l'*Age d'Airain *une signification spirituelle. Le prophète se déplace avec une solennité presque automatique. On croirait entendre ses pas sonner comme ceux de la statue du Commandeur. On sent qu'une puissance mystérieuse et formidable le soulève et le pousse. Ainsi la marche, ce mouvement si banal d'ordinaire, devient ici grandiose parce qu'elle est l'accomplissement d'une mission divine.*

— Avez-vous déjà examiné attentivement dans des photographies instantanées des hommes en marche ? me demanda tout à coup Rodin.

Et sur ma réponse affirmative :

— Eh bien ! qu'avez-vous remarqué ?

— *Qu'ils n'ont jamais l'air d'avancer. En général, ils semblent se tenir immobiles sur une seule jambe ou sauter à cloche-pied.*

— Très exact ! Et tenez, par exemple, tandis que mon saint Jean est représenté les deux pieds à terre, il est probable qu'une photographie instantanée faite d'après un modèle qui exécuterait le même mouvement, montrerait le pied d'arrière déjà soulevé et se portant vers l'autre. Ou bien, au contraire, le pied d'avant ne serait pas encore à terre si la jambe d'arrière occupait dans la photographie la même position que dans ma statue.

Or, c'est justement pour cette raison que ce modèle photographié présenterait l'aspect bizarre d'un homme tout à coup frappé de paralysie et pétrifié dans sa pose, comme il advient dans le joli conte de Perrault aux serviteurs de la Belle au Bois Dormant, qui tous s'immobilisent subitement dans l'attitude de leur fonction.

Et cela confirme ce que je viens de vous exposer sur le mouvement dans l'art. Si, en effet, dans les photographies les personnages, quoique saisis en pleine action, semblent soudain figés dans l'air, c'est que toutes les parties de leur corps étant reproduites exactement au même vingtième ou au même quarantième de seconde, il n'y a pas là, comme dans l'art, déroulement progressif du geste.

— *Je vous entends fort bien, maître, lui dis-je ; mais il me semble – excusez-moi de hasarder cette remarque – que vous vous mettez en contradiction avec vous-même.*

— Comment cela ?

— *Ne m'avez-vous pas déclaré à mainte reprise que l'artiste devait toujours copier la Nature avec la plus grande sincérité ?*

— Sans doute, et je le maintiens.

— *Eh bien ! quand, dans l'interprétation du mouvement, il se trouve en complet désaccord avec la photographie, qui est un témoignage mécanique irrécusable, il altère évidemment la vérité.*

— Non, répondit Rodin ; c'est l'artiste qui est véridique et c'est la photographie qui est menteuse ; car dans la réalité le temps ne s'arrête pas : et si l'artiste réussit à produire l'impression d'un geste qui s'exécute en plusieurs instants, son œuvre est certes beaucoup moins conventionnelle que l'image scientifique où le temps est brusquemest suspendu.

Et c'est même ce qui condamne certains peintres modernes qui, pour représenter des chevaux au galop, reproduisent des poses fournies par la photographie instantanée.

Ils critiquent Géricault parce que dans sa *Course d'Epsom*, qui est au Louvre, il a peint des chevaux qui galopent *ventre à terre*, selon l'expression familière, c'est-à-dire en jetant à la fois leurs jambes en arrière et en avant. Ils disent que la plaque sensible ne donne jamais une indication semblable. Et en effet dans la photographie instantanée, quand les jambes antérieures du cheval arrivent en avant, celles d'arrière, après avoir fourni par leur détente la propulsion à tout le corps, ont déjà eu le temps de revenir sous le ventre pour recommencer une foulée, de sorte que les quatre jambes se trouvent presque rassemblées en l'air, ce qui donne à l'animal l'apparence de sauter sur place et d'être immobilisé dans cette position.

Or, je crois bien que c'est Géricault qui a raison contre la photographie : car ses chevaux paraissent courir : et cela vient de ce que le spectateur, en les regardant d'arrière en avant, voit d'abord les jambes postérieures accomplir l'effort d'où résulte l'élan général, puis le corps s'allonger, puis les jambes antérieures chercher au loin la terre. Cet ensemble est faux dans sa simultanéité ; il est vrai quand les parties en sont observées successivement et c'est cette vérité seule qui nous importe, puisque c'est celle que nous voyons et qui nous frappe.

Notez d'ailleurs que les peintres et les sculpteurs, quand ils réunissent dans une même figure différentes phases d'une action, ne procèdent point par raisonnement ni par artifice. Ils expriment tout naïvement ce qu'ils sentent. Leur âme et leur main sont comme entraînées elles-mêmes dans la direction du geste, et c'est d'instinct qu'ils en traduisent le développement.

Ici, comme partout dans le domaine de l'art, la sincérité est donc la seule règle.

Je demeurai quelques instants sans parler pour méditer sur ce qu'il venait de me dire.

— Ne vous ai-je pas convaincu ? questionna-t-il.

— Si fait !... Mais, tout en admirant ce miracle de la peinture et de la sculpture qui parviennent à condenser plusieurs moments dans une seule image, je me demande maintenant jusqu'à quel point elles peuvent rivaliser avec la littérature et surtout avec le théâtre dans la notation du mouvement.

A vrai dire, j'incline à penser que cette concurrence ne va pas très loin et que, sur ce terrain les maîtres du pinceau et de l'ébauchoir sont nécessairement très inférieurs à ceux du verbe.

Il se récria :

— Notre désavantage n'est point tel que vous le croyez. Si la peinture et la sculpture peuvent faire mouvoir des personnages, il ne leur est pas défendu de tenter plus encore.

Et parfois elles parviennent à égaler l'art dramatique en figurant dans un même tableau ou dans un même groupe sculptural plusieurs scènes qui se succèdent.

— *Oui, lui dis-je ; mais c'est qu'elles trichent, en quelque sorte. Car j'imagine que vous voulez parler de ces compositions anciennes qui célèbrent l'histoire entière d'un personnage en le représentant plusieurs fois sur le même panneau dans des situations différentes.*

C'est ainsi qu'au Louvre, par exemple, une petite peinture italienne du quinzième siècle raconte la légende d'Europe. On voit d'abord la jeune princesse jouant dans un pré fleuri avec ses compagnes qui l'aident à monter sur le taureau Jupiter ; et plus loin la même héroïne, pleine d'effroi, est emportée au milieu des flots par l'animal divin.

— C'est là, dit Rodin, un procédé très primitif qui cependant fut pratiqué même par de grands maîtres : car, au palais ducal de Venise, cette même fable d'Europe a été traitée par Véronèse d'une façon identique.

Mais c'est malgré ce défaut que la peinture de Caliari est admirable, et ce n'était point à une méthode si puérile que je faisais allusion : car vous vous doutez bien que je la désapprouve.

Pour me comprendre, je vous demanderai d'abord si vous avez présent à l'esprit l'*Embarquement pour Cythère*, de Watteau.

— *A tel point que je crois l'avoir devant les yeux.*

— Alors je n'aurai point de peine à m'expliquer. Dans ce chef-d'œuvre, l'*action*, si vous voulez bien y prendre garde, part du premier plan tout à fait à droite pour aboutir au fond tout à fait à gauche.

Ce qu'on aperçoit d'abord sur le devant du tableau, sous de frais ombrages, près d'un buste, de Cypris enguirlandé de roses, c'est un groupe composé d'une jeune femme et de son adorateur. L'homme est revêtu d'une pèlerine d'amour sur laquelle est brodé un cœur percé, gracieux insigne du voyage qu'il voudrait entreprendre.

Agenouillé, il supplie ardemment la belle de se laisser convaincre. Mais elle lui oppose une indifférence peut-être feinte et elle semble regarder avec intérêt le décor de son éventail...

— *A côté d'eux, lui dis-je, est un petit amour, assis* cul nu *sur son carquois. Il trouve que la jeune femme tarde beaucoup et il la tire par la jupe pour l'inviter à être moins insensible.*

— C'est cela même. Mais jusqu'à présent le bâton du pèlerin et le bréviaire d'amour gisent encore à terre.

Ceci est une première scène.

En voici une seconde :

A gauche du groupe dont je viens de parler est un autre couple. L'amante accepte la main qu'on lui tend pour l'aider à se lever.

— *Oui : elle est vue de dos et elle a une de ces nuques blondes que Watteau peignait avec une grâce si voluptueuse.*

— Plus loin, troisième scène. L'homme prend sa maîtresse par la taille pour l'entraîner. Elle se tourne vers ses compagnes dont le retard la rend elle-même un peu confuse et elle se laisse emmener avec une passivité consentante.

Maintenant les amants descendent sur la grève et, tout à fait d'accord, ils se poussent en riant vers la barque ; les hommes n'ont même plus besoin d'user de prière : ce sont les femmes qui s'accrochent à eux.

Enfin les pèlerins font monter leurs amies dans la nacelle qui balance sur l'eau sa chimère dorée, ses festons de fleurs et ses rouges écharpes de soie. Les nautoniers appuyés sur leurs rames sont prêts à s'en servir. Et déjà portés par la brise de petits Amours voltigeant, guident les voyageurs vers l'île d'azur qui émerge à l'horizon.

— Je vois, maître, que vous aimez ce tableau : car vous en avez retenu les moindres détails.

— C'est un ravissement qu'on ne peut oublier.

Mais avez-vous noté le déroulement de cette pantomime ? Vraiment, est-ce du théâtre ? est-ce de la peinture ? On ne saurait le dire. Vous voyez donc bien qu'un artiste peut, quand il lui plaît, représenter non seulement des gestes passagers, mais une longue *action*, pour employer le terme usité dans l'art dramatique.

Il lui suffit, pour y réussir, de disposer ses personnages de manière que le spectateur voie d'abord ceux qui commencent cette *action*, puis ceux qui la continuent et enfin ceux qui l'achèvent.

Voulez-vous un exemple en sculpture ?

Alors ouvrant un carton, il y chercha et en tira une photographie.

— Voici, me dit-il, la *Marseillaise*, que le puissant Rude a taillée sur un jambage de l'Arc de Triomphe.

Aux armes, citoyens! hurle à pleins poumons la Liberté cuirassée d'airain qui fend les airs de ses ailes déployées. Elle lève son bras gauche haut dans l'espace pour rallier à elle tous les courages, et de l'autre main, elle tend son glaive vers l'ennemi.

C'est elle, sans aucun doute, qu'on aperçoit d'abord, car elle domine toute l'œuvre, et ses jambes qui s'écartent comme pour courir, couvrent d'un formidable accent circonflexe ce sublime poème de la guerre.

Il semble même qu'on l'entende : car vraiment sa bouche de pierre vocifère à vous briser le tympan.

Or, à peine a-t-elle jeté son appel qu'on voit les guerriers se précipiter.

C'est la seconde phase de l'action. Un Gaulois à la crinière de lion agite son casque comme pour saluer la déesse. Et voici que son jeune fils demande à l'accompagner : — Je suis assez fort, je suis un homme ; je veux partir ! semble dire l'enfant en serrant la poignée d'une épée. — Viens ! dit le père qui le regarde avec une tendresse orgueilleuse.

Troisième phase de l'action. Un vétéran courbé sous le poids de son équipement fait effort pour les rejoindre ; car tout ce qui possède quelque vigueur doit marcher au combat. Un autre vieillard accablé d'années suit de ses vœux les soldats, et le geste de sa main semble répéter les conseils que leur donna son expérience.

Quatrième phase. Un archer ploie son dos musculeux pour bander son arme. Un clairon jette aux troupes une sonnerie frénétique. Le vent fait claquer les étendards ; les lances toutes ensemble se couchent en avant. Le signal est donné et déjà la lutte commence.

Ainsi, là encore, c'est une véritable composition

dramatique qui vient d'être jouée devant nous. Mais tandis que l'*Embarquement pour Cythère* évoquait les délicates comédies de Marivaux, la *Marseillaise* est une large tragédie cornélienne. Je ne sais d'ailleurs laquelle des deux œuvres je préfère : car il y a autant de génie dans l'une que dans l'autre.

Et me regardant avec une nuance de défi malicieux :

— Vous ne direz plus, je pense, que la sculpture et la peinture sont incapables de rivaliser avec le théâtre ?

— *Assurément non !*

A ce moment j'aperçus dans le carton, où il reclassait la reproduction de la Marseillaise, *une photographie de ses admirables* Bourgeois de Calais.

— *Pour vous prouver, repris-je, que j'ai profité de votre enseignement, laissez-moi en faire l'application à l'une de vos plus belles œuvres : car les principes que vous venez de me révéler, je vois bien que vous-même les avez mis en pratique.*

Dans vos Bourgeois de Calais *que voici, l'on reconnaît une succession scénique toute semblable à celle que vous avez notée dans les chefs-d'œuvre de Watteau et de Rude.*

Celui de vos personnages qui occupe la place du milieu attire d'abord les regards. C'est, à n'en pas douter, Eustache de Saint-Pierre. Il incline sa tête grave aux longs cheveux vénérables. Il n'a nulle hésitation, nulle crainte. Il avance posément, les yeux tournés en dedans, sur son âme. S'il vacille un peu, c'est à cause des privations qu'il a endurées pendant un long siège. C'est lui qui inspire les autres : c'est lui qui s'est offert le premier pour faire partie des six notables dont la mort, selon la condition du vainqueur, doit sauver leurs concitoyens du massacre.

Le bourgeois qui est à côté de lui n'est pas moins vaillant. Mais s'il ne se lamente pas sur lui-même, la capitulation de sa cité lui cause une affreuse douleur. Tenant en main la clé qu'il va remettre aux Anglais, il raidit tout son corps pour trouver la force de supporter l'humiliation inévitable.

Sur le même plan qu'eux, à gauche, l'on voit un homme qui est moins courageux ; car il marche presque trop vite et l'on dirait qu'ayant pris sa résolution, il cherche à abréger le plus possible le temps qui le sépare du supplice.

Et par derrière ceux-ci vient un bourgeois qui, serrant son crâne dans ses deux mains, s'abandonne à un violent désespoir. Peut-être songe-t-il à sa femme, à ses enfants, à ceux qui lui sont chers, à ceux qu'il va laisser sans appui dans l'existence.

Un cinquième notable passe sa main devant ses yeux comme pour dissiper un cauchemar effrayant. Et il trébuche, tant la mort l'épouvante.

Enfin voici un sixième bourgeois plus jeune que les autres. Il paraît encore indécis. Un souci terrible contracte son visage. Est-ce l'image de son amante qui occupe sa pensée ?... Mais ses compagnons marchent : il les rejoint et il allonge le cou comme pour le tendre à la hache du Sort.

D'ailleurs, bien que ces trois Calaisiens soient moins braves que les trois premiers, ils ne méritent pas moins d'admiration. Car leur dévouement est d'autant plus méritoire qu'il leur coûte davantage.

Ainsi, à travers toute la série de vos Bourgeois, *l'on suit l'action plus ou moins prompte que l'autorité et l'exemple d'Eustache de Saint-Pierre exercent sur eux selon la trempe de leur âme. On les voit qui, gagnés de proche en proche par son influence, se décident successivement à marcher.*

Et c'est là, sans conteste, la meilleure confirmation de vos idées sur la valeur scénique de l'art.

— Si votre bienveillance pour mon œuvre n'était excessive, je conviendrais, mon cher Gsell, que vous avez parfaitement discerné mes intentions.

Vous avez surtout très bien remarqué l'échelonnement de mes *Bourgeois* d'après leur degré d'héroïsme. Pour accuser plus encore cet effet, je voulais, vous le savez sans doute, faire sceller mes statues, les unes derrière les autres devant l'hôtel de ville de Calais, à même les dalles de la place, comme un vivant chapelet de souffrance et de sacrifice.

Mes personnages auraient ainsi paru se diriger de la Maison municipale vers le camp d'Edouard III ; et les Calaisiens d'aujourd'hui qui les auraient presque coudoyés eussent mieux senti la solidarité traditionnelle qui les lie à ces héros. C'eût été, je crois, d'une impression puissante. Mais on rejeta mon projet et l'on m'imposa un piédestal aussi disgracieux que superflu. L'on eut tort, j'en suis sûr.

— *Les artistes, lui dis-je, ont hélas ! toujours à compter avec la routine. Trop heureux s'ils peuvent réaliser une partie de leurs beaux rêves !*

CHAPITRE V

Le dessin et la couleur

Rodin *a toujours beaucoup dessiné. Il s'est servi soit de la plume, soit du crayon. Autrefois il traçait un contour à la plume, puis il ajoutait avec le pinceau des noirs et des blancs. Les gouaches ainsi exécutées ressemblaient à des copies de bas-reliefs ou à des groupes sculptés en ronde-bosse. C'étaient purement des visions de statuaire.*

Depuis, il a utilisé le crayon pour dessiner des nus sur lesquels il a étendu des teintes de couleur chair. Ces dessins offrent plus de liberté que les premiers. Les attitudes y sont moins arrêtées, plus fugitives. Ce sont plutôt des visions de peintre. Les traits en sont parfois étrangement frénétiques. Il arrive qu'un corps tout entier soit serti d'une ligne unique lancée d'un seul jet. On reconnaît l'impatience d'un artiste qui a craint de laisser échapper une impression très passagère. La teinte de la peau est lavée en trois ou quatre balafres qui sabrent le torse et les membres : le modelé est sommairement produit par le dépôt plus ou moins épais que forme la couleur en séchant ; d'ailleurs le pinceau est si brusque qu'il ne prend même pas le temps de ramasser les gouttes entraînées au bas de chaque touche. Ces croquis fixent des gestes très rapides ou bien des flexions si transitoires qu'à peine l'œil a-t-il pu en saisir l'ensemble pendant une demi-seconde. Ce ne sont plus des lignes, ce n'est plus de la couleur : c'est du mouvement, c'est de la vie.

Plus récemment encore, Rodin continuant à faire usage du crayon, a cessé de modeler avec le pinceau. Il s'est contenté d'indiquer l'ombre en estompant avec le doigt les traits du contour. Ce frottis gris argenté enveloppe les formes comme d'un nuage : il les rend plus légères et comme irréelles : il les baigne de poésie et de mystère. Ce sont ces dernières études qui, je crois, sont les plus belles. Elles sont à la fois lumineuses, vivantes et pleines de charme.

Comme j'en regardais plusieurs sous les yeux mêmes de Rodin, je lui dis combien elles différaient des dessins fignolés qui d'habitude recueillent les suffrages du public.

— Il est vrai, me répondit-il, que ce qui plaît surtout aux ignorants c'est l'inexpressive minutie de l'exécution et la fausse noblesse des gestes. Le vulgaire ne comprend rien à un résumé hardi qui passe rapidement sur les détails inutiles pour ne s'attacher qu'à la vérité de l'ensemble. Il ne comprend rien non plus à l'observation sincère qui dédaigne les poses théâtrales pour ne s'intéresser qu'aux attitudes toutes simples et bien plus émouvantes de la vie réelle.

Il règne au sujet du dessin des erreurs qu'il est difficile de redresser.

On s'imagine que le dessin peut être beau en lui-même. Il ne l'est que par les vérités, par les sentiments qu'il traduit. L'on admire les artistes, forts en thème, qui calligraphient des contours dénués de signification et qui campent prétentieusement leurs personnages. On s'extasie sur des poses qu'on ne remarque jamais dans la nature et qu'on juge artistiques parce qu'elles rappellent ces déhanchements auxquels se livrent les modèles italiens quand ils sollicitent des séances. C'est là ce qu'on nomme ordinairement le *beau dessin*. Ce n'est en réalité que de la prestidigitation bonne pour émerveiller les badauds.

Il en est du dessin en art comme du style en littérature. Le style qui se manière, qui se guinde pour se faire remarquer, est mauvais. Il n'y a de bon style que celui qui se fait oublier pour concentrer sur le sujet traité, sur l'émotion rendue toute l'attention du lecteur.

L'artiste qui fait parade de son dessin, l'écrivain qui veut attirer la louange sur son style ressemblent à des soldats qui se pavaneraient sous leur uniforme, mais refuseraient d'aller à la bataille, ou bien à des cultivateurs qui fourbiraient constamment le soc de leur charrue pour le faire briller, au lieu de l'enfoncer en terre.

Le dessin, le style vraiment beaux sont ceux qu'on ne pense même pas à louer, tant on est pris par l'intérêt de ce qu'ils expriment. De même, pour la couleur. Il n'y a réellement ni beau style, ni beau dessin, ni belle couleur : il n'y a qu'une seule beauté, celle de la vérité qui se révèle. Et quand une vérité, quand une idée profonde, quand un sentiment puissant éclate dans une œuvre littéraire ou artistique, il est de toute évidence que le style ou la couleur et le dessin en sont excellents ; mais cette qualité ne leur vient que par reflet de la vérité.

On admire le dessin de Raphaël et l'on a raison : mais ce n'est pas en lui-même qu'il faut l'admirer, ce n'est pas pour des lignes équilibrées avec plus ou moins d'adresse : on doit l'aimer pour ce qu'il signifie : ce qui en fait tout le mérite, c'est la sérénité délicieuse de l'âme qui voyait par les yeux de Raphaël et s'exprimait par sa main, c'est l'amour qui semble s'épancher de son cœur sur toute la nature. Ceux qui, n'ayant point cette tendresse, ont cherché à emprunter au maître d'Urbino ses cadences linéaires et les gestes de ses personnages n'ont exécuté que des pastiches très fades.

Ce qu'on doit admirer dans le dessin de Michel-Ange, ce ne sont pas les traits en eux-mêmes, ce ne sont pas des raccourcis audacieux et des anatomies savantes, c'est la puissance grondante et désespérée de ce Titan. Les imitateurs de Buonarotti qui, sans avoir son âme, ont copié en peinture ses attitudes arc-boutées et ses musculatures tendues, sont tombés dans le ridicule.

Ce qu'on doit admirer dans la coloration du Titien, ce n'est pas une harmonie plus ou moins agréable : c'est le sens qu'elle présente : elle n'a de véritable agrément que parce qu'elle donne l'idée d'une souveraineté somptueuse et dominatrice. La vraie beauté de la coloration du Véronèse vient de ce qu'elle évoque par la finesse de son chatoiement argenté l'élégante cordialité des fêtes patriciennes. Les couleurs de Rubens ne sont rien en elles-mêmes : leur flamboiement serait vain s'il ne donnait l'impression de la vie, du bonheur et de la robuste sensualité.

Il n'existe peut-être aucune œuvre d'art qui tienne son charme du seul balancement des lignes ou des tons et qui s'adresse uniquement aux yeux. Si, par exemple, les vitraux du douzième et du treizième siècles ravissent les regards par le velours de leurs bleus profonds, par la caresse de leurs violets si doux et de leurs carmin si chauds, c'est que ces tons traduisent la félicité mystique dont les pieux artistes de ces époques espéraient jouir dans le ciel de leurs rêves. Si certaines poteries persanes semées d'œillets de couleur turquoise sont des merveilles adorables, c'est que, par un étrange effet, leurs nuances transportent l'âme dans je ne sais quelle vallée de songe et de féerie.

Ainsi tout dessin et tout ensemble de couleurs offrent une signification sans laquelle ils n'auraient aucune beauté.

— *Mais ne craignez-vous pas que le dédain du* métier *en art...*

— Qui vous parle de le dédaigner? Sans doute le métier n'est qu'un moyen. Mais l'artiste qui le néglige n'atteindra jamais son but, qui est l'interprétation du sentiment, de l'idée. Il en sera de cet artiste comme d'un cavalier qui oublierait de donner de l'avoine à sa monture.

Il est trop évident que si le dessin manque, si la couleur est fausse, la plus puissante émotion sera incapable de s'exprimer. Les incorrections d'anatomie feront rire, alors que l'artiste voudrait être touchant. C'est la disgrâce qu'encourent aujourd'hui beaucoup de jeunes artistes. Comme ils n'ont point fait d'études sérieuses, leur inhabilité les trahit à chaque instant. Leurs intentions sont bonnes, mais un bras trop court, une jambe cagneuse, une perspective inexacte rebute les spectateurs.

C'est qu'en effet aucune inspiration subite ne saurait remplacer le long travail indispensable pour donner aux yeux la connaissance des formes et des proportions et pour rendre la main docile à tous les ordres du sentiment.

Et quand je dis que le métier doit se faire oublier, mon idée n'est point du tout que l'artiste puisse se passer de science.

Au contraire, il faut posséder une technique consommée pour dissimuler ce qu'on sait. Sans doute, pour le vulgaire, les jongleurs qui exécutent des fioritures avec leur crayon ou qui confectionnent d'étourdissantes pyrotechnies de couleurs ou qui écrivent des phrases émaillées de mots bizarres, sont les plus habiles gens du monde. Mais la grande difficulté et le comble de l'art, c'est de dessiner, de peindre, d'écrire avec naturel et simplicité.

Vous venez de voir une peinture, vous venez de lire une page ; vous n'avez pris garde ni au dessin, ni à la coloration ni au style, mais vous êtes ému jusqu'au fond du cœur. N'ayez crainte de vous tromper : le dessin, la coloration, le style sont d'une technique parfaite.

— Pourtant, maître, ne peut-il arriver que des chefs-d'œuvre très touchants pèchent par quelque faiblesse de métier ? Ne dit-on pas, par exemple, que les tableaux de Raphaël sont souvent d'une coloration mauvaise, et ceux de Rembrandt d'un dessin discutable ?

— L'on a tort, croyez-moi.

Si les chefs-d'œuvre de Raphaël ravissent l'âme, c'est que tout en eux, la couleur aussi bien que le dessin, contribue à cet enchantement.

Regardez le petit *Saint Georges* du Louvre, le *Parnasse* du Vatican, regardez les cartons de tapisserie du musée de South Kensington : l'harmonie de ces œuvres est charmante. La couleur du Sanzio est tout autre que celle de Rembrandt ; mais elle est précisément celle que réclame son inspiration. Elle est claire et émaillée. Elle offre des tonalités fraîches, fleuries et joyeuses. Elle a la jeunesse éternelle de Raphaël lui-même. Elle semble imaginaire, mais c'est que la vérité observée par le peintre d'Urbino n'est point celle des choses purement matérielles ; c'est le domaine des sentiments, c'est une région où les formes et les couleurs sont transfigurées par la lumière de l'amour.

Sans doute, un réaliste intransigeant pourrait juger cette coloration inexacte ; mais les poètes la trouvent juste. Et ce qui est certain, c'est que la coloration de Rembrandt ou celle de Rubens alliée au dessin de Raphaël serait ridicule et monstrueuse.

De même le dessin de Rembrandt diffère de celui de Raphaël ; mais il n'est pas moins bon.

Autant les lignes du Sanzio sont douces et pures, autant celles de Rembrandt sont souvent rudes et heurtées. La vision du grand Hollandais s'arrête aux rugosités des vêtements, aux aspérités des vieux visages, aux callosités des mains plébéiennes : car, pour Rembrandt, la beauté n'est que l'antithèse constatée entre la trivialité de l'enveloppe physique et le rayonnement intérieur. Or comment montrerait-il cette beauté faite de laideur apparente et de grandeur morale, s'il cherchait à rivaliser d'élégance avec Raphaël ?

Reconnaissez donc que son dessin est parfait parce qu'il correspond absolument aux exigences de sa pensée.

— *Ainsi, selon vous, c'est une erreur de croire qu'un même artiste ne peut être à la fois bon coloriste et bon dessinateur.*

— Assurément, et je ne sais comment s'est établi ce préjugé qui jouit encore actuellement d'un tel crédit.

Si les maîtres sont éloquents, s'ils s'emparent de nous, il est clair que c'est parce qu'ils possèdent exactement tous les moyens d'expression qui leur sont nécessaires.

Je viens de vous le prouver pour Raphaël et pour Rembrandt. La même démonstration pourrait se faire au sujet de tous les grands artistes.

On a accusé, par exemple, Delacroix de ne pas savoir dessiner. La vérité, au contraire, est que son dessin se marie merveilleusement avec sa couleur : comme elle, il est saccadé, fiévreux, exalté ; il a des vivacités, des emportements ; comme elle, il est parfois dément : et c'est alors qu'il est le plus beau. Coloris et dessin, l'on ne peut admirer l'un sans l'autre : car ils ne font qu'un.

Ce qui trompe les demi-connaisseurs, c'est qu'ils n'admettent qu'un seul genre de dessin : celui de Raphaël ; ou plutôt ce n'est même pas celui de Raphaël qu'ils admirent, mais celui de ses imitateurs, celui de David et d'Ingres... En réalité, il y a autant de dessins et de coloris qu'il y a d'artistes.

Albert Dürer, dit-on parfois, a une couleur dure et sèche. Non point. Mais c'est un Allemand ; c'est un généralisateur : ses compositions sont précises comme des constructions logiques ; ses personnages sont solides comme des types essentiels. Voilà pourquoi son dessin est si appuyé et sa couleur si volontaire.

Holbein est de la même école : son dessin n'a pas la grâce florentine ; son coloris n'a point le charme vénitien ; mais ligne et couleur ont chez lui une puissance, une gravité, une signification intérieure qu'on ne trouve peut-être chez nul autre peintre.

En général, on peut dire que, chez les artistes très réfléchis comme ceux-là, le dessin est particulièrement serré et la couleur est d'une rigueur qui s'impose comme la vérité des mathématiques.

Chez d'autres artistes au contraire, chez ceux qui sont les poètes du cœur, comme Raphaël, le Corrège, André del Sarte, la ligne a plus de souplesse et la couleur plus de tendresse câline.

Chez d'autres encore qu'on nomme ordinairement des *réalistes*, c'est-à-dire dont la sensibilité est plus extérieure, chez Rubens, Velazquez, Rembrandt, par exemple, la ligne a une allure vivante avec des brusqueries et des repos et la couleur tantôt éclate en fanfares de soleil, tantôt s'atténue en sourdines de brume.

Ainsi, les moyens d'expression des génies diffèrent autant que leurs âmes mêmes, et l'on ne peut nullement dire que chez tels d'entre eux le dessin et le coloris soient meilleurs ou moins bons que chez d'autres.

— Fort bien, maître ; mais en supprimant l'habituelle classification des artistes en dessinateurs et en coloristes, vous ne songez pas que vous allez beaucoup embarrasser les pauvres critiques d'art, à qui elle rend tant des services.

Par bonheur, il me semble que, dans vos paroles mêmes, les amateurs de catégories pourraient trouver un nouveau principe de classement.

La couleur et le dessin, dites-vous, ne sont que des moyens, et c'est l'âme des artistes qu'il importe de connaître. C'est donc, je crois, d'après leur tournure d'esprit qu'il conviendrait de grouper les peintres.

— Il est vrai.

— L'on pourrait, par exemple, réunir ceux qui, comme Albert Dürer et Holbein, sont des logiciens. L'on ferait une classe à part de ceux chez qui prédomine le sentiment : Raphaël, le Corrège, André del

Sarte, que vous venez de nommer ensemble, figureraient en première ligne parmi ces élégiaques. Une autre classe serait constituée par les maîtres qui s'intéressent à l'existence active, à la vie courante, et le trio de Rubens, de Velazquez et de Rembrandt en serait la plus belle constellation.

Enfin un quatrième groupe pourrait rassembler des artistes tels que Claude Lorrain et Turner, qui considèrent la nature comme un tissu de visions lumineuses et fugitives.

— Sans doute, mon cher ami. Une telle classification ne manquerait pas d'ingéniosité et elle serait en tout cas plus juste que celle qui distingue les coloristes des dessinateurs.

Cependant, à cause de la complexité même de l'art ou plutôt des âmes humaines qui prennent l'art pour langage, toute division risque d'être vaine. Ainsi Rembrandt est souvent un sublime poète, et Raphaël souvent un réaliste vigoureux.

Efforçons-nous de comprendre les maîtres, aimons-les, enivrons-nous de leur génie ; mais, n'est-ce pas, gardons-nous de les étiqueter comme des drogues de pharmacien.

CHAPITRE VI

La beauté de la femme

L'hôtel de Biron, qui naguère encore était le Couvent du Sacré-Cœur, est, comme l'on sait, occupé, à l'heure présente, par des locataires, au nombre desquels est le statuaire Rodin.

Le maître a d'autres ateliers à Meudon et à Paris, au Dépôt des Marbres ; mais il a une prédilection pour celui-ci.

C'est, à vrai dire, le plus beau séjour qu'un artiste puisse rêver. L'auteur du Penseur *dispose là de plusieurs vastes salles très élevées, aux lambris blancs, ornés de moulures charmantes et de filets d'or.*

L'une de ces pièces, celle où il travaille, est en rotonde et donne par de hautes portes-fenêtres sur un admirable jardin.

Depuis plusieurs années, ce terrain est laissé à l'abandon. Mais l'on distingue encore, parmi les herbes folles, les anciennes lignes de buis qui bordaient les allées, l'on discerne sous des vignes fantasques des tonnelles aux treillages verdis, et à chaque printemps, dans les plates-bandes, les fleurs reparaissent vivaces au milieu des graminées. Rien n'est plus délicieusement mélancolique que cet effacement progressif du travail humain sous la nature libre.

A l'hôtel de Biron, Rodin passe presque tout son temps à dessiner.

Dans cette retraite monastique, il se plaît à s'isoler devant la nudité de belles jeunes femmes et à consigner en d'innombrables esquisses au crayon les souples attitudes qu'elles prennent devant lui.

Là où des vierges firent leur éducation sous la tutelle de saintes filles, le puissant statuaire honore de sa ferveur la beauté physique, et sa passion pour l'art n'est pas moins dévote assurément que la piété dans laquelle furent instruites les élèves du Sacré-Cœur.

Un soir, je regardais avec lui une série de ses études et j'admirais les harmonieuses arabesques par lesquelles il avait reproduit sur le papier les divers rythmes du corps humain.

Les contours lancés d'un jet évoquaient la fougue ou l'abandon des mouvements, et son pouce, qui était revenu sur les traits pour les estomper, avait interprété par un très léger nuage le charme du modelé.

En me montrant ses dessins, il revoyait en esprit les modèles d'après lesquels il les avait exécutés et à tout moment il s'écriait :

— Oh ! les épaules de celle-là, quel ravissement ! C'est une courbe d'une parfaite beauté... Mon dessin est trop lourd !... J'ai bien essayé... mais !... Tenez ! voici une seconde tentative d'après la même femme : cela se rapproche davantage... et pourtant !

Et regardez la gorge de celle-ci : l'adorable élégance de ce renflement : c'est d'une grâce presque irréelle !

Et les hanches de cette autre : quelle merveilleuse ondulation ! Quel exquis enveloppement des muscles dans la suavité de la surface ! C'est à se prosterner devant !

Ses regards se perdaient dans la contemplation de ses souvenirs : on eût dit un Oriental au Jardin de Mahomet.

— Maître, lui demandai-je, trouvez-vous facilement de beaux modèles ?

— Oui.

— La beauté n'est donc pas très rare dans notre contrée ?

— Non, vous dis-je.

— Et se conserve-t-elle longtemps ?

— Elle change vite. Je ne dirai point que la femme est comme un paysage que modifie sans cesse l'inclinaison du soleil ; mais la comparaison est presque juste.

La vraie jeunesse, celle de la puberté virginale, celle où le corps, plein de sève toute neuve, se rassemble dans sa svelte fierté et semble à la fois craindre et appeler l'amour, ce moment-là ne dure guère que quelques mois.

Sans parler même des déformations de la maternité, la fatigue du désir et la fièvre de la passion détendent rapidement les tissus et relâchent les lignes. La jeune fille devient femme : c'est une autre sorte de beauté, admirable encore, mais cependant moins pure.

— Mais, dites-moi, ne pensez-vous pas que la beauté antique surpassait de beaucoup celle de notre temps et

que les femmes modernes sont loin d'égaler celles qui posaient devant Phidias ?

— Point du tout !

— *Pourtant la perfection des Vénus grecques...*

— Les artistes d'alors avaient des yeux pour la voir, tandis que ceux d'aujourd'hui sont aveugles, voilà toute la différence. Les femmes grecques étaient belles, mais leur beauté résidait surtout dans la pensée des sculpteurs qui les représentaient.

Il y a aujourd'hui des femmes toutes pareilles. Ce sont principalement les Européennes du Sud. Les Italiennes modernes, par exemple, appartiennent au même type méditerranéen que les modèles de Phidias. Ce type a pour caractère essentiel l'égalité de largeur des épaules et du bassin.

— *Mais les invasions des Barbares dans le monde romain n'ont-elles pas altéré par des croisements la beauté antique ?*

— Non. A supposer que les races barbares fussent moins belles, moins bien équilibrées que les races méditerranéennes, ce qui est possible, le temps s'est chargé de nettoyer les tares produites par les mélanges de sang et de faire reparaître l'harmonie du type ancien.

Dans l'union du beau et du laid, c'est toujours le beau qui finit par triompher : la Nature, par une loi divine, revient constamment vers le meilleur, tend sans cesse vers le parfait.

A côté du type méditerranéen, existe d'ailleurs un

type septentrional, auquel appartiennent beaucoup de Françaises ainsi que les femmes des races germaniques et slaves.

Dans ce type, le bassin est fortement développé et les épaules sont plus étroites : c'est la structure que vous observez, par exemple, chez les nymphes de Jean Goujon, chez la Vénus du *Jugement de Pâris* peint par Watteau, chez la *Diane* de Houdon.

En outre, la poitrine est généralement inclinée en avant, tandis que, dans le type antique et méditerranéen, le thorax se redresse au contraire.

A vrai dire, tous les types humains, toutes les races ont leur beauté. Il suffit de la découvrir.

J'ai dessiné avec un plaisir infini les petites danseuses cambodgiennes qui vinrent naguère à Paris avec leur souverain. Les gestes menus de leurs membres graciles étaient d'une séduction étrange et merveilleuse.

J'ai fait des études d'après l'actrice japonaise Hanako. Elle n'a point du tout de graisse. Ses muscles sont découpés et saillants comme ceux des petits chiens qu'on nomme fox-terriers : ses tendons sont si forts, que les articulations auxquelles ils s'attachent ont une grosseur égale à celle des membres eux-mêmes. Elle est tellement robuste qu'elle peut rester aussi longtemps qu'elle le veut sur une seule jambe en levant l'autre devant elle à angle droit. Elle paraît ainsi enracinée dans le sol comme un arbre. Elle a donc une anatomie tout autre que celle des Européennes, mais cependant fort belle aussi dans sa puissance singulière.

Un instant après, reprenant une idée qui lui est chère, il me dit :

— En somme, la Beauté est partout. Ce n'est point elle qui manque à nos yeux, mais nos yeux qui manquent à l'apercevoir.

La beauté, c'est le caractère et l'expression.

Or, il n'y a rien dans la Nature qui ait plus de caractère que le corps humain. Il évoque par sa force ou par sa grâce les images les plus variées. Par moments, il ressemble à une fleur : la flexion du torse imite la tige, le sourire des seins, de la tête et l'éclat de la chevelure répondent à l'épanouissement de la corolle. Par moments, il rappelle une souple liane, un arbuste à la cambrure fine et hardie : — *En te voyant*, dit Ulysse à Nausicaa, *je crois revoir certain palmier qui à Délos, près de l'autel d'Apollon, était monté de terre d'un jet puissant vers le ciel.*

D'autres fois, le corps humain courbé en arrière est comme un ressort, comme un bel arc sur lequel Eros ajuste ses flèches invisibles.

D'autres fois encore c'est une urne. J'ai souvent fait asseoir par terre un modèle en lui demandant de tourner le dos de mon côté, jambes et bras ramenés en avant. Dans cette position, la silhouette du dos qui s'amincit à la taille et s'élargit aux hanches apparaît seule, et cela figure un vase au galbe exquis, l'amphore qui contient dans ses flancs la vie de l'avenir.

Le corps humain, c'est surtout le miroir de l'âme et de là vient sa plus grande beauté :

Chair de la femme, argile idéale, ô merveille,
O pénétration sublime dans l'esprit
Dans le limon que l'Etre ineffable pétrit,
Matière où l'âme brille à travers son suaire,
Boue où l'on voit les doigts du divin statuaire,
Fange auguste appelant les baisers et le cœur,

Si sainte qu'on ne sait, tant l'amour est vainqueur,
Tant l'âme est, vers ce lit mystérieux poussée,
Si cette volupté n'est pas une pensée,
Et qu'on ne peut, à l'heure où les sens sont en feu,
Etreindre la Beauté sans croire embrasser Dieu !

Oui, Victor Hugo l'a bien compris ! Ce que nous adorons dans le corps humain, c'est encore plus que sa forme si belle, la flamme intérieure qui semble l'illuminer par transparence.

CHAPITRE VII

Âmes de jadis, âmes d'aujourd'hui

IL *y a quelques jours, j'accompagnai au Louvre Auguste Rodin qui allait y revoir les bustes de Houdon.*

A peine fûmes-nous devant le Voltaire :

— Quelle merveille ! s'écria le maître. C'est la personnification de la malice.

Les regards légèrement obliques semblent guetter quelque adversaire. Le nez pointu ressemble à celui d'un renard : il paraît se tirebouchonner pour flairer, de côté et d'autre, les abus et les ridicules ; on le voit palpiter. Et la bouche : quel chef-d'œuvre ! Elle est encadrée par deux sillons d'ironie. Elle a l'air de mâchonner je ne sais quel sarcasme.

Une vieille commère très rusée, voilà l'impression produite par ce Voltaire à la fois si vif, si malingre et si peu masculin.

Et, après un moment de contemplation :

— Ces yeux ! j'y reviens... Ils sont diaphanes. Ils sont lumineux.

On pourrait d'ailleurs en dire autant à propos de tous les bustes de Houdon. Ce sculpteur a su rendre mieux qu'un peintre ou qu'un pastelliste la transparence des prunelles. Il les a perforées, taraudées, incisées ; il y a soulevé des bavochures spirituelles et singulières, qui, s'éclairant ou s'assombrissant, imitent à s'y méprendre le scintillement du jour dans la pupille. Et quelle diversité dans les regards de tous ces masques. Finesse chez Voltaire, bonhomie chez Franklin, autorité chez Mirabeau, gravité chez Washington, tendresse joyeuse chez Mme Houdon, espièglerie chez la fille du sculpteur et chez les deux ravissants petits Brongniart.

Le regard, c'est plus de la moitié de l'expression pour ce statuaire. A travers les yeux, il déchiffrait les âmes. Et elles ne gardaient pour lui aucun secret. Aussi, point n'est besoin de se demander si ses bustes étaient ressemblants.

A ce mot, j'arrêtai Rodin.

— *Vous jugez donc que la ressemblance est une qualité très importante ?*

— Certes... indispensable !

— *Beaucoup d'artistes disent pourtant que des bustes et des portraits dépourvus de ressemblance peuvent être fort beaux. Je me rappelle à ce sujet un mot qu'on prête à Henner. Comme une dame se plaignait à lui que le portrait qu'il venait de peindre d'après elle n'était pas ressemblant :* Hé ! Matame, *répondit-il dans son jargon alsacien*, quand fous serez morte, vos héritiers s'estimeront heureux de bosséder un beau portrait beint par Henner et s'inquiéteront fort peu de savoir s'il vous ressemblait.

— Il se peut que ce peintre ait ainsi parlé, mais c'était sans doute une boutade qui ne répondait pas à sa pensée : car je ne puis croire qu'il eût des idées fausses sur un art où il montra beaucoup de talent.

Il faut d'ailleurs s'entendre sur le genre de ressemblance qu'exigent le portrait et le buste.

Si l'artiste ne reproduit que des traits superficiels comme le peut faire la photographie, s'il consigne avec exactitude les divers linéaments d'une physionomie, mais sans les rapporter à un caractère, il ne mérite nullement qu'on l'admire. La ressemblance qu'il doit obtenir est celle de l'âme; c'est celle-là seule qui importe : c'est celle-là que le sculpteur ou le peintre doit aller chercher à travers celle du masque.

En un mot, il faut que tous les traits soient *expressifs*, c'est-à-dire utiles à la révélation d'une conscience.

— Mais n'arrive-t-il point parfois que le visage soit en désaccord avec l'âme ?

— Jamais.

— Pourtant souvenez-vous du précepte de La Fontaine :

Il ne faut point juger les gens sur l'apparence.

— Cette maxime, à mon sens, ne s'adresse qu'aux observateurs frivoles. Car l'apparence peut tromper leur examen hâtif. La Fontaine écrit que le souriceau prit le chat pour la plus douce des créatures; mais il parle d'un souriceau, c'est-à-dire d'un écervelé qui manque d'esprit critique. L'aspect même du chat avertit quiconque l'étudie attentivement qu'il y a de la cruauté cachée sous cette somnolence hypocrite. Un physionomiste sait parfaitement distinguer entre un air patelin et un air de bonté réelle, et c'est précisément le rôle de l'artiste de faire apparaître la vérité, même sous la dissimulation.

A vrai dire, il n'y a pas de travail artistique qui réclame tant de perspicacité que le buste et le portrait. On croit parfois que le métier d'artiste demande plus d'habileté manuelle que d'intelligence. Il suffit de regarder un bon buste pour revenir de cette erreur. Une telle œuvre vaut une biographie. Les bustes de Houdon, par exemple, sont écrits comme des chapitres de Mémoires. Epoque, race, profession, caractère personnel, tout y est indiqué.

Voici Rousseau en face de Voltaire. Beaucoup de finesse dans le regard. C'est la qualité commune de tous les personnages du dix-huitième siècle. Ce sont des critiques : ils contrôlent tous les principes jusqu'alors admis ; ils ont des yeux scrutateurs.

Maintenant l'origine. C'est le plébéien genevois. Autant Voltaire est aristocratique et distingué, autant Rousseau est rude et presque vulgaire : pommettes saillantes, nez court, menton carré : on reconnaît le fils d'horloger et l'ancien domestique.

Profession. C'est le philosophe : front incliné et méditatif ; allure antique accusée par la bandelette classique qui ceint la tête : un aspect volontairement sauvage, cheveux négligés, une certaine ressemblance avec quelque Diogène ou quelque Ménippe : c'est le prédicateur du retour à la Nature et à la vie primitive.

Le caractère individuel. Une crispation générale de la face : c'est le misanthrope ; sourcils contractés, barre soucieuse sur le front : c'est l'homme qui se plaint, et souvent avec raison, d'être persécuté.

Je vous demande si ce n'est pas là le meilleur commentaire des *Confessions*.

Mirabeau.

L'époque. Attitude provocante, perruque en désordre, costume débraillé. Un souffle de tempête révolutionnaire passe sur ce fauve prêt à rugir.

L'origine. Un aspect dominateur, de beaux sourcils bien arqués, un front hautain : c'est l'ancien aristocrate. Mais la lourdeur démocratique des joues criblées de petite vérole et du cou engoncé dans les épaules désigne le comte de Riquetti aux sympathies du Tiers dont il est devenu l'interprète.

La profession. C'est le tribun. La bouche s'avance en porte-voix, et, pour lancer au loin ses paroles, Mirabeau lève la tête, parce qu'il était petit comme la plupart des orateurs. Chez cette espèce d'hommes, en effet, la nature développe la poitrine, le *coffre*, aux dépens de la hauteur. Les yeux ne se fixent sur personne, mais planent sur une grande assemblée. C'est un regard à la fois imprécis et superbe. Et, dites-moi, n'est-ce pas un miraculeux tour de force que d'évoquer au moyen d'une tête toute une foule, mieux encore, tout un pays qui écoute ?

Enfin le caractère individuel. Observez la sensualité des lèvres, du double menton, des narines frémissantes : vous reconnaîtrez les tares du personnage : habitude de la débauche et besoin de jouissances.

Tout y est, vous dis-je.

Il serait facile d'esquisser la même série de remarques à propos de tous les bustes de Houdon.

Voici encore Franklin. Un air pesant, de grosses joues tombantes : c'est l'ancien ouvrier. De longs cheveux d'apôtre, une bienveillance benoîte : c'est le moralisateur populaire, c'est le bonhomme Richard. Un grand front têtu, penché en avant : indice de l'opiniâtreté dont Franklin a fait preuve pour s'instruire, s'élever, devenir un savant illustre, puis, pour émanciper sa patrie. De l'astuce dans les yeux et au coin des lèvres : Houdon n'a pas été dupe de la massivité générale et il a deviné le réalisme avisé du calculateur qui a fait fortune, la ruse du diplomate qui a cambriolé les secrets de la politique anglaise.

Voilà tout vif l'un des ancêtres de l'Amérique moderne.

Eh bien ! dans ces admirables bustes, ne trouve-t-on pas, par fragments, la chronique d'un demi-siècle ?

J'en convins.

Rodin poursuivit :

— Et comme dans les meilleurs narrations écrites, ce qui plaît par-dessus tout dans ces Mémoires de terre cuite, de marbre et de bronze, c'est la grâce pétillante du style, c'est la légèreté de la main qui les rédigea, c'est la générosité de la belle âme si française qui les composa. Houdon, c'est Saint-Simon sans les préjugés nobiliaires ; c'est Saint-Simon aussi spirituel et plus magnanime. Ah ! le divin artiste !

Je ne me lassais pas de vérifier sur les bustes que nous avions devant nous l'interprétation passionnée qu'en donnait mon compagnon.

— Il doit être malaisé, lui dis-je, de pénétrer si profondément dans les consciences.

A quoi Rodin :

— Oui, sans doute. *– Puis, avec une nuance d'ironie :* – Les plus grandes difficultés pour l'artiste qui modèle un buste ou qui peint un portrait ne viennent pourtant pas de l'œuvre même qu'il exécute. Elles viennent... du client qui le fait travailler.

Par une loi étrange et fatale, celui qui commande son image, s'acharne toujours à combattre le talent de l'artiste qu'il a choisi.

Il est très rare qu'un homme se voie tel qu'il est, et, même s'il se connaît, il lui est désagréable qu'un artiste le figure avec sincérité.

Il demande à être représenté sous son aspect le plus neutre et le plus banal. Il veut être une marionnette officielle ou mondaine. Il lui plaît que la fonction qu'il exerce, le rang qu'il tient dans la société effacent complètement l'homme qui est en lui. Un magistrat veut être une robe, un général, une tunique soutachée d'or.

Ils se soucient peu qu'on lise dans leur âme.

Ainsi s'explique d'ailleurs le succès de tant de médiocres portraitistes et faiseurs de bustes, qui se bornent à rendre l'aspect impersonnel de leurs clients, leur passementerie et leur attitude protocolaire. Ce sont ces artistes qui sont ordinairement le plus en faveur, parce qu'ils prêtent à leur modèle un masque de richesse et de solennité. Plus un buste ou un portrait est emphatique, plus il ressemble à une poupée raide et prétentieuse, et plus le client est satisfait.

Peut-être n'en fut-il pas toujours ainsi.

Certains seigneurs du quinzième siècle, par exemple, prirent plaisir, semble-t-il, à se voir représentés sur les médailles de Pisanello comme des hyènes ou des vautours. Ils étaient fiers sans doute de ne ressembler à personne. Ou mieux, ils aimaient, ils vénéraient l'art, et ils acceptaient la rude franchise des artistes comme une pénitence imposée par un directeur religieux.

Titien n'hésita pas non plus à donner au pape Paul III un museau de fouine ni à souligner la dureté dominatrice de Charles-Quint ou la salacité de François Ier, et il n'apparaît pas que sa réputation en ait été diminuée auprès d'eux. Velazquez, qui figura son roi Philippe IV comme un homme fort élégant, mais très nul, et qui reproduisit sans flatterie sa mandibule pendante, conserva néanmoins ses bonnes grâces. Et ainsi le monarque espagnol s'est acquis devant la postérité la très grande gloire d'avoir été le protecteur d'un génie.

Mais les hommes d'aujourd'hui sont ainsi faits qu'ils ont peur de la vérité et qu'ils adorent le mensonge.

Cette répugnance pour la sincérité artistique se révèle même chez nos contemporains les plus intelligents.

Il semble qu'ils soient fâchés de paraître tels dans leurs bustes. Ils veulent avoir l'air de coiffeurs.

Et de même les femmes les plus belles, c'est-à-dire celles dont la ligne offre le plus de style, ont horreur de leur beauté quand un statuaire de talent s'en fait l'interprète. Elles le supplient de les enlaidir en leur attribuant une physionomie poupine et insignifiante.

C'est donc une rude bataille à livrer que d'exécuter un bon buste. Il importe de ne pas faiblir et de rester honnête vis-à-vis de soi-même. Tant pis si l'œuvre est refusée ! Tant mieux plutôt : car, le plus souvent, c'est la preuve qu'elle est pleine de qualités.

Quant au client qui, bien que mécontent, accepte une œuvre réussie, sa méchante humeur n'est que passagère ; car les connaisseurs lui font bientôt tant de compliments au sujet de son buste qu'il finit par l'admirer. Et il déclare alors le plus naturellement du monde qu'il l'a toujours trouvé excellent.

Il est à remarquer, d'ailleurs, que les bustes exécutés gratuitement pour des amis ou des parents sont les meilleurs. Ce n'est pas seulement parce que l'artiste connaît mieux les modèles qu'il voit continuellement et qu'il chérit ; c'est surtout parce que la gratuité de son travail lui confère la liberté de le mener entièrement à sa guise.

Au reste, même offerts comme dons, les plus beaux bustes sont souvent refusés. Dans ce genre, les chefs-d'œuvre sont généralement considérés comme des insultes par ceux à qui on les destine. Il faut que le statuaire en prenne son parti et qu'il trouve tout son plaisir, toute sa récompense à bien faire.

Cette psychologie du public auquel les artistes ont affaire, me divertissait fort ; mais il entrait, à vrai dire, bien de l'amertume dans l'ironie de Rodin.

— Maître, lui dis-je, parmi les ennuis du métier de sculpteur, il en est un que vous semblez avoir omis.

C'est de faire le buste d'un client dont la tête est inexpressive ou trahit même une sottise manifeste.

Rodin se prit à rire :

— Cela ne peut compter pour un ennui, répondit-il. N'oubliez pas, en effet, ma maxime favorite : *la Nature est toujours belle :* il suffit de comprendre ce qu'elle nous montre. Vous me parlez d'un visage inexpressif. Il n'en est pas de tel pour un artiste. Pour lui, toute tête humaine est intéressante. Qu'un sculpteur accuse, par exemple, la fadeur d'une physionomie ; qu'il nous montre un sot absorbé par le souci de parader dans le monde et voilà un beau buste.

D'ailleurs, ce qu'on appelle un esprit borné n'est souvent qu'une conscience qui ne s'est pas épanouie parce qu'elle n'a pas reçu l'éducation qui lui eût permis de se déployer, et, dans ce cas, le visage offre ce spectacle mystérieux et captivant d'une intelligence que semble envelopper un voile.

Enfin, que vous dirai-je ? même dans la tête la plus insignifiante, réside encore la vie, puissance magnifique, inépuisable matière à chefs-d'œuvre.

*

Quelques jours après, je revis dans l'atelier de Rodin à Meudon les moulages de plusieurs de ses plus beaux bustes, et je saisis cette occasion pour lui demander les souvenirs qu'ils évoquaient en lui.

Son Victor Hugo *était là, concentré dans ses méditations, le front étrangement raviné et comme volcanique, les cheveux en tempête, semblables à des flammes blanches jaillies du crâne. C'était la personnification même du lyrisme moderne, profond et tumultueux.*

— Ce fut mon ami Bazire, me dit Rodin, qui me présenta à Victor Hugo. Bazire fut le secrétaire du journal *la Marseillaise*, puis de *l'Intransigeant.* Il adorait Victor Hugo. Ce fut lui qui lança l'idée de célébrer publiquement les quatre-vingts ans du grand homme. La fête, vous le savez, fut à la fois touchante et solennelle. Le poète salua de son balcon la foule immense venue devant sa demeure pour l'acclamer : on eût dit un patriarche bénissant sa famille. Il garda de cette journée une reconnaissance attendrie à celui qui l'avait organisée. Et voilà comment Bazire m'introduisit sans peine auprès de lui.

Par malheur, Victor Hugo venait justement d'être martyrisé par un sculpteur médiocre nommé Villain. Celui-ci, pour faire un mauvais buste, lui avait infligé trente-huit séances de pose. Aussi quand j'exprimai timidement mon désir de reproduire à mon tour les traits de l'auteur des *Contemplations*, il fronça terriblement ses sourcils olympiens.

— Je ne puis vous empêcher de travailler, fit-il ; mais je vous avertis que je ne poserai pas. Je ne changerai pour vous aucune de mes habitudes : arrangez-vous comme il vous plaira.

Je vins donc et je crayonnai au vol un grand nombre de croquis afin de faciliter ensuite mon travail de modelage. Puis j'apportai ma selle de sculpteur et de la terre. Mais, naturellement, je ne pus installer cet outillage salissant que dans la véranda, et comme c'était dans le salon que Victor Hugo se tenait d'ordinaire avec ses amis, vous imaginez quelle fut la difficulté de ma tâche. Je regardais attentivement le grand poète, j'essayais de graver son image dans ma mémoire, puis soudain, en courant, je gagnais la véranda pour fixer dans la glaise le souvenir de ce que je venais de voir. Mais souvent, dans le trajet, mon impression s'affaiblissait, de sorte qu'arrivé devant ma selle, je n'osais plus donner un seul coup d'ébauchoir et je devais me résoudre à retourner auprès de mon modèle.

Comme j'allais achever mon travail, Dalou me demanda de lui donner accès auprès de Victor Hugo et je lui rendis volontiers ce service.

Mais le glorieux vieillard étant mort peu après, Dalou ne put faire son buste que d'après une empreinte prise sur le visage du défunt.

Rodin me conduisit alors devant une vitrine qui renfermait un singulier bloc de pierre. C'était une clé de voûte, un de ces coins que les architectes insèrent au centre de leurs porches pour en maintenir la courbe. Sur la face antérieure de cette pierre, était sculpté un masque équarri le long des joues et des tempes suivant la forme du bloc. Je reconnus le visage de Victor Hugo.

— Représentez-vous cette clé de voûte à l'entrée d'un édifice dédié à la poésie, me dit le maître statuaire.

Je n'eus pas de peine à imaginer cette belle vision. Le front de Victor Hugo soutenant ainsi la pesée d'une arche monumentale symboliserait le Génie sur qui s'appuient toute la pensée et toute l'activité d'une époque.

— Je donne cette idée à l'architecte qui voudra la mettre à exécution, me dit Rodin.

Tout près de là, il y avait dans l'atelier de mon hôte le moulage du buste de Henri Rochefort. On connaît cette tête d'insurgé, front bosselé comme celui d'un enfant batailleur qui se gourme sans cesse avec ses compagnons, toupet incendiaire qui semble s'agiter comme un signal d'émeute, bouche tordue par l'ironie, barbiche rageuse : une continuelle révolte, l'esprit même de la critique et de la combativité. Admirable masque sur lequel se reflète toute une partie de la mentalité contemporaine.

— C'est aussi par l'intermédiaire de Bazire, me dit Rodin, que j'entrai en relations avec Henri Rochefort qui était son directeur de journal. Le célèbre polémiste consentit à poser devant moi : c'était un enchantement de l'entendre, tant il avait de verve joyeuse, mais il ne pouvait rester immobile un seul instant. Il me reprochait plaisamment ma conscience professionnelle. Il disait en riant que je passais tour à tour une séance à ajouter une boulette de glaise et une autre à la retirer.

Lorsque, quelque temps après, son buste recueillit les suffrages de gens de goût, il s'associa sans réserve à leurs éloges, mais il ne voulut jamais croire que mon œuvre fût restée exactement ce qu'elle était quand je l'avais emportée de chez lui : *Vous l'avez beaucoup retouchée, n'est-ce-pas ?* me répéta-t-il souvent. En réalité, je n'y avais même pas donné un coup d'ongle.

Rodin, mettant alors une de ses mains devant le toupet du buste et l'autre devant la barbiche, me demanda :

— Quelle impression vous produit-il ainsi ?

— *On dirait un empereur romain.*

— C'est précisément ce que je voulais vous faire dire. Jamais je n'ai retrouvé le type latin classique aussi pur que chez Rochefort.

Si l'ancien adversaire de l'Empire ne connaît pas encore cette paradoxale ressemblance de son profil avec celui des Césars, gageons qu'elle le fera sourire.

Quand Rodin, un moment auparavant, m'avait parlé de Dalou, j'avais revu dans ma pensée le buste qu'il a fait d'après ce sculpteur et qui est au Musée du Luxembourg.

C'est une tête fière et provocante, un cou maigre et tendineux d'enfant des faubourgs, une barbe broussailleuse d'artisan, un front crispé, des sourcils farouches d'ancien communard, un air fiévreux et rogue de démocrate irréductible. Au reste, de larges et nobles yeux et, dans le dessin, des incurvations délicates révélant l'amant passionné de la Beauté.

A une question que je lui posai, Rodin me répondit qu'il avait modelé ce buste au moment où Dalou, profitant de l'amnistie, était revenu d'Angleterre.

— Il n'en prit jamais possession, me dit-il ; car nos relations cessèrent aussitôt après que je l'eus présenté à Victor Hugo.

Dalou était un grand artiste, et plusieurs de ses sculptures sont d'une superbe allure décorative, qui les apparente avec les plus beaux groupes de notre dix-septième siècle.

Il n'eût jamais produit que des chefs-d'œuvre s'il n'avait eu la faiblesse d'ambitionner une situation officielle. Il aspirait à devenir le Le Brun de notre République, et comme le chef d'orchestre de tous les artistes contemporains. Il est mort avant d'y parvenir.

L'on ne peut exercer deux métiers à la fois. Toute l'activité que l'on dépense à acquérir des relations utiles et à jouer un rôle, on la perd pour l'Art. Les intrigants ne sont pas des sots : quand un artiste veut leur faire concurrence, il doit déployer autant d'efforts qu'eux-mêmes, et il ne lui reste presque plus de temps pour travailler.

Qui sait d'ailleurs ? Si Dalou était toujours demeuré dans son atelier à poursuivre paisiblement son labeur, il aurait sans doute enfanté de telles merveilles que la beauté en aurait soudain éclaté à tous les yeux, et que le jugement universel lui aurait peut-être décerné cette royauté artistique à la conquête de laquelle il usa toute son habileté.

Son ambition ne fut pourtant pas entièrement vaine,

car son influence à l'Hôtel de Ville nous a valu l'un des plus augustes chefs-d'œuvre de notre temps. C'est lui qui, malgré l'hostilité non déguisée des commissions administratives, fit commander à Puvis de Chavannes la décoration de l'escalier du Préfet. Et vous savez de quelle céleste poésie ce grand peintre illumina les murailles de l'édifice municipal.

Ces derniers mots aiguillèrent l'entretien sur le buste de Puvis de Chavannes.

Pour ceux qui connurent l'homme, cette image est d'une ressemblance saisissante.

— Il portait, dit Rodin, la tête haute. Son crâne, solide et arrondi, semblait fait pour coiffer un casque. Son thorax bombé paraissait accoutumé à porter la cuirasse. On l'imaginait volontiers à Pavie se battant près de François Ier pour sauver l'honneur.

Dans son buste, on retrouve en effet l'aristocrate de vieille race ; le vaste front et les sourcils majestueux révèlent le philosophe, et le regard calme planant sur d'amples étendues décèle le grand décorateur, le sublime paysagiste.

Il n'est point d'artiste moderne pour qui Rodin professe plus d'admiration, plus de respect ému que pour le peintre de Sainte Geneviève.

— Dire qu'il a vécu parmi nous, s'écrie-t-il. Dire que ce génie digne des plus radieuses époques de l'art nous a parlé, que je l'ai vu, que je lui ai serré la main.

Il me semble que c'est comme si j'avais serré celle de Nicolas Poussin.

Ah ! la belle parole ! Reculer la figure d'un contemporain dans le passé pour l'égaler à l'une de celles qui y resplendissent le plus, et s'attendrir à la pensée du contact matériel qu'on eut avec ce demi-dieu, est-il un plus touchant hommage ?

Rodin reprend :

— Puvis de Chavannes n'aima pas mon buste et ce fut une des amertumes de ma carrière. Il jugea que je l'avais caricaturé. Et pourtant je suis certain d'avoir exprimé dans ma sculpture tout ce que je ressentais pour lui d'enthousiasme et de vénération.

Le buste de Puvis me fit songer à celui de Jean-Paul Laurens, qui est aussi au Musée du Luxembourg.

Tête ronde, visage mobile et exalté, presque haletant : c'est un Méridional ; quelque chose d'archaïque et de rude dans l'expression ; des yeux qui semblent hantés de visions très lointaines : c'est le peintre des époques à demi sauvages où les hommes étaient robustes et impétueux.

Rodin me dit :

— Laurens est un de mes plus anciens amis. J'ai posé pour un des guerriers mérovingiens qui, dans sa décoration du Panthéon, assistent au trépas de sainte Geneviève.

Son affection m'a toujours été fidèle. C'est lui qui me fit obtenir la commande des *Bourgeois de Calais*. Et sans doute elle ne me rapporta guère, puisque je livrai six personnages de bronze au prix qu'on m'avait proposé pour un seul ; mais je lui garde une reconnaissance profonde de m'avoir poussé à créer une de mes meilleures œuvres.

J'eus grand plaisir à faire son buste. Il me reprocha amicalement de l'avoir représenté la bouche ouverte. Je lui répondis que, d'après le dessin de son crâne, il descendait très probablement des anciens Wisigoths d'Espagne, et que ce type était caractérisé par la saillie de la mâchoire inférieure. Mais je ne sais s'il se rendit à la justesse de cette observation ethnographique.

A ce moment, j'aperçus un moulage du buste de Falguière.

Caractère bouillant et éruptif, visage sillonné de rides et de bourrelets comme une terre bouleversée par les orages, moustaches de grognard, cheveux drus et courts.

— C'était un petit taureau, me dit Rodin.

Et, en effet, je remarquai la largeur du cou, devant lequel les plis de la peau forment comme un fanon, le front carré, la tête penchée, obstinée, prête à foncer en avant.

Un petit taureau ! Rodin a souvent de ces comparaisons avec le règne animal. Untel, avec son grand cou et ses gestes automatiques, est un oiseau qui picore de droite et de gauche ; tel autre personnage trop aimable, trop coquet, est un king-charles, etc... Ces rapprochements facilitent évidemment le travail de la pensée qui cherche à classer les physionomies dans des catégories générales.

Rodin m'apprit dans quelles circonstances il se lia avec Falguière.

— Ce fut, dit-il, quand la Société des Gens de Lettres me refusa mon *Balzac*. Falguière, à qui la commande fut alors confiée, tint à me témoigner par son amitié qu'il n'approuvait nullement mes détracteurs. Par réciprocité de sympathie, je lui proposai de faire son buste. Il le trouva d'ailleurs fort réussi quand il fut achevé ; il le défendit même, je le sais, contre ceux qui le critiquèrent en sa présence ; et, à son tour, il exécuta le mien, qui est très beau.

Enfin, je vis encore chez Rodin un exemplaire en bronze du buste de Berthelot.

Il le fit un an seulement avant la mort du grand chimiste. Le savant se recueille dans le sentiment de l'œuvre accomplie. Il médite. Il est seul en face de lui-même, seul en face de l'écroulement des anciennes croyances, seul devant la Nature dont il a pénétré quelques secrets, mais qui reste si immensément mystérieuse, seul au bord de l'abîme infini des cieux ; et son front tourmenté, ses yeux baissés sont douloureusement mélancoliques. Cette belle tête est comme l'emblème de l'intelligence moderne, qui, rassasiée de savoir, presque lasse de pensée, finit par se demander : A quoi bon ?

Les bustes dont je venais d'admirer les reproductions et dont mon hôte venait de m'entretenir se groupaient maintenant dans mon esprit et m'apparaissaient comme le plus riche trésor de documents sur notre époque.

— Si Houdon, dis-je à Rodin, a écrit les Mémoires du dix-huitième siècle, vous avez rédigé, vous, ceux de la fin du dix-neuvième.

Votre style est plus âpre, plus violent que celui de votre devancier ; les expressions en sont moins élégantes, mais plus naturelles encore et plus dramatiques, si je puis dire.

Le scepticisme, qui au dix-huitième siècle était distingué et frondeur, est devenu chez vous rude et poignant. Les personnages de Houdon étaient plus sociables, les vôtres sont plus concentrés. Ceux de Houdon portaient leur critique sur les abus d'un régime ; les vôtres semblent mettre en question la valeur même de la vie humaine et ressentir l'angoisse d'irréalisables désirs.

Alors Rodin :

— J'ai fait de mon mieux. Je n'ai jamais menti. Je n'ai jamais flatté mes contemporains. Mes bustes ont souvent déplu parce qu'ils furent toujours très sincères. Ils ont certainement un mérite : la véracité. Qu'elle leur serve de beauté !

CHAPITRE VIII

La pensée dans l'art

UN *dimanche matin, me trouvant avec Rodin dans son atelier, je m'arrêtai devant le moulage d'une de ses œuvres les plus saisissantes.*

C'est une belle jeune femme dont le corps se tord douloureusement. Elle paraît en proie à un tourment mystérieux. Sa tête est profondément inclinée. Ses lèvres et ses paupières sont closes, et l'on pourrait croire qu'elle dort. Mais l'angoisse de ses traits révèle la dramatique contention de son esprit.

Ce qui achève de surprendre, quand on la regarde, c'est qu'elle n'a ni bras ni jambes. Il semble que le sculpteur les ait brisés, dans un accès de mécontentement contre lui-même. Et l'on ne peut s'empêcher de regretter qu'une si puissante figure soit incomplète. L'on déplore les cruelles amputations qu'elle a subies.

Comme je témoignais, malgré moi, ce sentiment devant mon hôte :

— Quel reproche me faites-vous ? me dit-il avec quelque étonnement. C'est à dessein, croyez-le, que j'ai laissé ma statue dans cet état. Elle représente la *Méditation.* Voilà pourquoi elle n'a ni bras pour agir, ni jambes pour marcher. N'avez-vous point noté, en effet, que la réflexion, quand elle est poussée très loin, suggère des arguments si plausibles pour les déterminations les plus opposées qu'elle conseille l'inertie ?

Ces quelques mots suffirent à me faire revenir sur ma première impression, et j'admirai dès lors, sans réserve, le hautain symbolisme de l'image que j'avais devant les yeux.

Cette femme, je le comprenais maintenant, était l'emblème de l'intelligence humaine impérieusement sollicitée par des problèmes qu'elle ne peut résoudre, hantée par l'idéal qu'elle ne peut réaliser, obsédée par l'infini qu'elle ne peut étreindre. La contraction de ce torse marquait la torture de la pensée et sa glorieuse, mais vaine obstination à creuser des questions auxquelles elle est incapable de répondre. Et la mutilation des membres indiquait l'insurmontable dégoût qu'éprouvent les âmes contemplatives pour la vie pratique.

Pourtant je me rappelai, alors, une critique qu'ont souvent provoquée les œuvres de Rodin et, sans m'y associer d'ailleurs, je la soumis au maître pour savoir comment il y répliquerait.

— Les littérateurs, lui dis-je, ne peuvent qu'applaudir aux vérités substantielles exprimées par toutes vos sculptures.

Mais certains de vos censeurs vous blâment, précisément, d'avoir une inspiration plus littéraire que plastique. Ils prétendent que vous captez habilement les suffrages des écrivains en leur fournissant des thèmes sur lesquels leur rhétorique peut se donner libre car-

rière. Et ils déclarent que l'art n'admet pas tant d'ambition philosophique.

— Si mon modelé est mauvais, répondit vivement Rodin, si je commets des fautes d'anatomie, si j'interprète mal les mouvements, si j'ignore la science d'animer le marbre, ces critiques ont cent fois raison.

Mais si mes figures sont correctes et vivantes, qu'ont-ils donc à y reprendre ? Et de quel droit voudraient-ils m'interdire d'y attacher certaines intentions ? De quoi se plaignent-ils si, en plus de mon travail professionnel, je leur offre des idées, et si j'enrichis d'une signification des formes capables de séduire les yeux ?

L'on se trompe étrangement, du reste, quand on s'imagine que les vrais artistes peuvent se contenter d'être des ouvriers habiles et que l'intelligence ne leur est pas nécessaire.

Elle leur est indispensable, au contraire, pour peindre ou pour tailler même les images qui semblent les plus dénuées de prétentions spirituelles et qui ne sont destinées qu'à charmer les regards.

Quand un bon sculpteur modèle une statue, quelle qu'elle soit, il faut d'abord qu'il en conçoive fortement le mouvement général ; il faut, ensuite, que jusqu'à la fin de sa tâche, il maintienne énergiquement dans la pleine lumière de sa conscience son idée d'ensemble, pour y ramener sans cesse et y relier étroitement les moindres détails de son œuvre. Et cela ne va pas sans un très rude effort de pensée.

Ce qui, sans doute, a fait croire que les artistes peuvent se passer d'intelligence, c'est que nombre d'entre eux en paraissent privés dans la vie courante. Les biographies des peintres et des sculpteurs célèbres abondent en anecdotes sur la naïveté de certains maîtres. Mais il faut se dire que les grands hommes, méditant sans cesse sur leurs œuvres, ont de fréquentes absences d'esprit dans l'existence quotidienne. Il faut se dire surtout que beaucoup d'artistes, tout intelligents qu'ils soient, semblent bornés, simplement parce qu'ils n'ont point cette facilité de parole et de repartie qui, pour les observateurs légers, est le seul signe de finesse.

— Assurément, fis-je, on ne peut sans injustice contester la vigueur cérébrale des grands peintres et des grands sculpteurs.

Mais, pour en revenir à une question plus particulière, n'y a-t-il pas entre l'art et la littérature une ligne frontière que les artistes ne doivent point franchir ?

— Je vous avoue, répondit Rodin, qu'en ce qui me concerne, je supporte malaisément les *défenses de passer*.

Il n'y a point de règle, à mon avis, qui puisse empêcher un statuaire de créer une belle œuvre à sa guise. Et qu'importe que ce soit de la sculpture ou de la littérature, pourvu que le public y trouve profit et plaisir? Peinture, sculpture, littérature, musique, sont plus proches les unes des autres qu'on ne le croit généralement. Elles expriment toutes les sentiments de l'âme humaine en face de la nature. Il n'y a que les moyens d'expression qui varient.

Mais si un sculpteur parvient par les procédés de son art à suggérer des impressions que procure d'ordinaire la littérature ou la musique, pourquoi lui chercherait-on chicane? Un publiciste critiquait dernièrement mon *Victor Hugo* du Palais-Royal en déclarant que ce n'était pas de la sculpture, mais de la musique. Et il ajoutait naïvement que cette œuvre faisait songer à une symphonie de Beethoven. Plût au ciel qu'il eût dit vrai !

Je ne nie pas, d'ailleurs, qu'il ne soit utile de méditer sur des différences qui séparent les moyens littéraires des moyens artistiques.

Tout d'abord la littérature offre cette particularité de pouvoir exprimer des idées sans recourir à des images. Elle peut dire par exemple que : *la réflexion très profonde aboutit très souvent à l'inaction*, sans avoir besoin de figurer une femme pensive mise dans l'impossibilité de se mouvoir.

Et cette faculté de jongler avec les abstractions au moyen des mots donne, peut-être, à la littérature un avantage sur les autres arts, dans le domaine de la pensée.

Ce qu'il faut noter encore, c'est que la littérature développe des histoires, qui ont un commencement, un milieu et une fin. Elle enchaîne divers événements dont elle tire une conclusion. Elle fait agir des personnages et montre les conséquences de leur conduite. Ainsi les scènes qu'elle évoque se renforcent par leur succession et ne prennent même de valeur qu'en raison de la part qu'elles ont au progrès de l'intrigue.

Il n'en va pas de même pour les arts de la forme. Ils ne représentent jamais qu'une seule phase d'une action. Voilà pourquoi les peintres et les sculpteurs ont peut-être tort de puiser leurs sujets chez les écrivains, comme ils le font si souvent. L'artiste qui interprète une partie d'un récit doit en effet supposer connu le reste du texte. Son œuvre a besoin de s'étayer sur celle du littérateur : elle n'acquiert toute signification que si elle est éclairée par les faits qui précèdent et par ceux qui suivent.

Quand le peintre Delaroche représente, d'après Shakespeare, ou plutôt d'après son pâle imitateur Casimir Delavigne, les *Enfants d'Edouard* serrés l'un contre l'autre, il faut savoir, pour s'intéresser à ce spectacle, que ce sont là les héritiers d'un trône, qu'ils sont enfermés dans une prison et que des sicaires, envoyés par un usurpateur, vont surgir à l'instant pour les assassiner.

Lorsque Delacroix, ce génie que je m'excuse de citer à côté du très médiocre Delaroche, emprunte à un poème de lord Byron le sujet du *Naufrage de don Juan* et qu'il nous montre, sur une mer houleuse, une embarcation où des matelots tirent d'un chapeau des morceaux de papier, il faut savoir, pour comprendre cette scène, que ces malheureux affamés sont en train de demander au sort lequel d'entre eux va servir de nourriture aux autres.

En traitant des sujets littéraires, ces deux artistes ont donc commis la faute de peindre des œuvres qui ne portent pas en elles-mêmes leur sens complet.

Et cependant, tandis que celle de Delaroche est mauvaise parce que le dessin en est froid, la couleur dure, le sentiment mélodramatique, celle de Delacroix est admirable parce que cette barque tangue réellement sur les flots glauques, parce que la faim et la détresse convulsent tragiquement les masques de ces naufragés, parce que la sombre furie de la coloration annonce quelque crime horrible, parce qu'enfin, si le récit de Byron se trouve comme tronqué dans ce tableau, en revanche, l'âme fiévreuse, farouche et sublime du peintre est certainement là tout entière.

Moralité de ces deux exemples : quand, après mûre réflexion, vous aurez posé en matière d'art les prohibitions les plus raisonnables, vous pourrez légitimement reprocher aux médiocres de ne s'y point soumettre, mais vous serez tout surpris d'observer que les génies les enfreignent presque impunément.

Pendant que Rodin me parlait, mes yeux rencontrèrent dans son atelier un moulage de son Ugolin.

C'est une figure d'un réalisme grandiose. Elle ne rappelle point du tout le groupe de Carpeaux : elle est plus pathétique encore, s'il est possible. Dans l'œuvre de Carpeaux, le comte pisan torturé par la rage, la faim et la douleur de voir ses enfants près de périr, se mord à la fois les deux poings. Rodin a supposé le drame plus avancé. Les enfants d'Ugolin sont morts : ils gisent sur le sol, et leur père, que les affres de son estomac ont changé en bête, se traîne sur ses mains et sur ses genoux au-dessus de leurs cadavres. Il se penche vers leur chair; mais, en même temps, il rejette violemment sa tête de côté. En lui se livre un effroyable combat entre la brute qui veut se repaître, et l'être pensant, l'être aimant, qui a horreur d'un si monstrueux sacrilège. Rien n'est si poignant !

— Voilà, dis-je au maître statuaire, un exemple qui s'ajoute à celui du Naufrage de don Juan *pour confirmer vos paroles.*

Car il est certain qu'il faut avoir lu la Divine Comédie *pour se représenter les circonstances du martyre que subit votre* Ugolin; *mais lors même qu'on ignorerait les tercets du Dante, l'on ne pourrait manquer d'être ému par l'affreux tourment intérieur qui s'exprime dans l'attitude et sur les traits de votre personnage.*

— A la vérité, reprit Rodin, quand un sujet littéraire est si connu, l'artiste peut le traiter sans craindre de n'être pas compris.

Il vaut pourtant mieux, à mon avis, que les œuvres des peintres et des sculpteurs portent en elles-mêmes tout leur intérêt. L'art peut, en effet, susciter la pensée et le rêve sans nullement recourir à la littérature. Au lieu d'illustrer des scènes de poèmes, il n'a qu'à se servir de symboles très clairs qui ne sous-entendent aucun texte écrit.

Telle a été généralement ma méthode et je m'en suis bien trouvé.

Ce que mon hôte m'indiquait ainsi, ses sculptures réunies autour de nous le proclamaient dans leur muet langage. Je voyais là en effet les moulages de plusieurs de ses œuvres les plus rayonnantes d'idées.

Je me mis à les regarder.

J'admirai la reproduction de la Pensée *qui est au Musée du Luxembourg.*

Qui ne se rappelle cette œuvre singulière ?

C'est une tête féminine toute jeune, toute fine, aux traits d'une délicatesse, d'une subtilité miraculeuse. Elle est penchée et s'auréole d'une rêverie qui la fait paraître immatérielle. Les bords d'une cornette légère qui abrite son front semblent les ailes de ses songes. Mais son cou et même son menton sont pris dans un massif et grossier bloc de marbre comme en une cangue dont ils ne sauraient se dégager.

Et le symbole se laisse aisément comprendre. La Pensée irréelle s'épanouit au sein de la Matière inerte et l'illumine du reflet de sa splendeur; mais c'est en vain qu'elle s'efforce d'échapper aux lourdes entraves de la réalité.

*Je contemplai aussi l'*Illusion, fille d'Icare.

C'est un ange d'une jeunesse ravissante. Tandis qu'il volait avec de grandes ailes, un brutal coup de vent l'a *précipité à terre, et son charmant visage vient de s'écraser lamentablement sur un roc. Mais ses ailes demeurées entières battent encore l'espace, et, comme il est immortel, on devine qu'il va bientôt reprendre son essor pour retomber sans cesse aussi cruellement que la première fois. Inlassables espérances, éternels revers de l'*Illusion !

Mon attention fut encore sollicitée par une troisième sculpture : la Centauresse.

Le buste humain de la créature fabuleuse se tend désespérément vers un but que ses bras allongés ne peuvent atteindre ; mais les sabots d'arrière, s'accrochant au sol, s'y arc-boutent, et l'épaisse croupe chevaline, presque assise dans la boue, regimbe à tout effort. C'est un effoyable écartèlement des deux natures dont se compose le pauvre monstre. Image de l'âme, dont les élans éthérés restent misérablement captifs de la fange corporelle !

— En des thèmes de ce genre, me dit Rodin, la pensée, je crois, se lit sans nulle peine. Ils éveillent sans aucun secours étranger l'imagination des spectateurs. Et cependant, loin de l'encercler dans des limites étroites, ils lui donnent de l'élan pour vagabonder à sa fantaisie. Or c'est là, selon moi, le rôle de l'art. Les formes qu'il crée ne doivent fournir à l'émotion qu'un prétexte à se développer indéfiniment.

A ce moment, j'étais devant un groupe de marbre qui représentait Pygmalion et sa statue. *Le sculpteur antique enlaçait passionnément son œuvre qui s'animait sous son étreinte.*

Et tout à coup Rodin :

— Je vais vous surprendre. Il faut que je vous montre la première ébauche de cette composition.

Là-dessus, il me conduisit vers un moulage de plâtre.

Surpris, je le fus en effet. L'œuvre qu'il me faisait voir n'avait aucun rapport avec la fable de Pygmalion. C'était un faune cornu et velu qui enserrait fougueusement une nymphe pantelante. Les lignes générales étaient à peu près les mêmes, mais le sujet était très différent.

Rodin semblait s'amuser de mon étonnement silencieux.

Cette révélation était pour moi quelque peu déconcertante ; car, contrairement à tout ce que je venais de voir et d'entendre, mon hôte me prouvait ainsi l'indifférence que, dans certains cas, il témoignait pour le sujet traité...

Il me regardait d'un air presque narquois.

— En somme, me dit-il, l'on ne doit pas attribuer trop d'importance aux thèmes que l'on interprète. Sans doute, ils ont leur prix et contribuent à charmer le public ; mais le principal souci de l'artiste doit être de façonner des musculatures vivantes. Le reste importe peu.

Puis, tout à coup, comme s'il devinait mon désarroi :

— Ne croyez pas, mon cher Gsell, que mes dernières paroles contredisent celles que j'ai prononcées auparavant.

Si je juge qu'un statuaire peut se borner à représenter de la chair qui palpite, sans se préoccuper d'aucun sujet, cela ne signifie pas que j'exclue la pensée de son travail ; si je déclare qu'il peut se passer de chercher des symboles, cela ne signifie pas que je sois partisan d'un art dépourvu de sens spirituel.

Mais, à vrai dire, tout est idée, tout est symbole.

Ainsi, les formes et les attitudes d'un être humain révèlent nécessairement les émotions de son âme. Le corps exprime toujours l'esprit dont il est l'enveloppe. Et pour qui sait voir, la nudité offre la signification la plus riche. Dans le rythme majestueux des contours, un grand sculpteur, un Phidias, reconnaît la sereine harmonie répandue sur toute la Nature par la Sagesse divine ; un simple torse, calme, bien équilibré, radieux de force et de grâce, peut le faire songer à la toute-puissante raison qui gouverne le monde.

Un beau paysage ne touche pas seulement par les sensations plus ou moins agréables qu'il procure, mais surtout par les idées qu'il éveille. Les lignes et les couleurs qu'on y observe n'émeuvent point en elles-mêmes, mais par le sens profond qu'on y attache. Dans la silhouette des arbres, dans la découpure d'un horizon, les grands paysagistes, les Ruysdael, les Cuyp, les Corot, les Théodore Rousseau entrevoient des pensées souriantes ou graves, hardies ou découragées, paisibles ou angoissantes, qui s'accordent avec la disposition de leur esprit.

C'est que l'artiste, qui déborde de sentiment, ne peut rien imaginer qui n'en soit doué comme lui-même. Dans toute la Nature, il soupçonne une grande conscience semblable à la sienne. Il n'est pas un organisme vivant, pas un objet inerte, pas un nuage au ciel, pas une pousse verdoyante dans la prairie qui ne lui confie le secret d'un pouvoir immense caché sous toutes choses.

Regardez les chefs-d'œuvre de l'art. Toute leur beauté vient de la pensée, de l'intention que leurs auteurs ont cru deviner dans l'Univers.

Pourquoi nos cathédrales gothiques sont-elles si belles ? C'est que dans toutes les représentations de la vie, dans les images humaines qui ornent leurs portails et jusque dans les crosses de plantes qui fleurissent leurs chapiteaux, l'on découvre la marque de l'amour céleste. Partout nos doux imagiers du Moyen Age ont vu resplendir l'infinie bonté. Et, dans leur naïveté charmante, ils ont projeté un reflet de bienveillance jusque sur le visage de leurs démons, auxquels ils ont prêté une malice aimable et comme un air de parenté avec les anges.

Voyez n'importe quel tableau de maître, un Titien, un Rembrandt, par exemple.

Chez tous les seigneurs du Titien, on remarque l'énergie hautaine qui, sans aucun doute, l'animait lui-même. Ses opulentes femmes nues se laissent adorer comme des divinités sûres de leur domination. Ses paysages, que décorent des arbres majestueux et qu'empourprent de triomphants couchers de soleil, ne sont pas moins altiers que ses personnages. Sur toute la création, il a fait régner l'orgueil aristocratique : ce fut la constante pensée de son génie.

Une autre sorte de fierté éclaire le masque ridé et boucané des vieux artisans que peignit Rembrandt; ennoblit ses soupentes enfumées et ses petites fenêtres à culs de bouteilles; illumine de subites embellies ses paysages rustiques et plats; magnifie les toits de chaume que son burin prit tant de plaisir à caresser sur le cuivre. C'est la belle vaillance des êtres modestes, la sainteté des choses vulgaires, mais pieusement aimées, la grandeur de l'humilité qui accepte et remplit dignement son destin.

Et si vivace, si profonde est la pensée des grands artistes, qu'elle se montre en dehors de tout sujet. Elle n'a pas même besoin d'une figure entière pour s'exprimer. Prenez n'importe quel fragment de chef-d'œuvre, vous y reconnaîtrez l'âme de l'auteur. Comparez, si vous voulez, des mains dans deux portraits brossés par le Titien et par Rembrandt. La main du Titien sera dominatrice ; celle de Rembrandt sera modeste et courageuse. Dans ces étroits morceaux de peinture, tient tout l'idéal de ces maîtres.

J'écoutais passionnément cette belle profession de foi sur la spiritualité de l'art. Mais, depuis un moment, une objection me venait aux lèvres :

— Maître, dis-je, personne ne doute que les tableaux et les sculptures ne puissent suggérer à ceux qui les regardent les idées les plus profondes mais beaucoup de sceptiques prétendent que les peintres et les statuaires n'eurent jamais ces idées et que c'est nous-mêmes qui les mettons dans leurs œuvres. Ils croient que les artistes sont de purs instinctifs, semblables à la Sibylle qui, sur son trépied, rendait les oracles du dieu, mais sans savoir elle-même ce qu'elle prophétisait.

Vos paroles prouvent clairement que chez vous, du moins, la main est sans cesse guidée par l'esprit mais en est-il de même chez tous les maîtres ? Ont-ils toujours pensé en travaillant ? Ont-ils toujours eu la notion nette de ce que leurs admirateurs découvriraient en eux ?

— Entendons-nous ! fit Rodin en riant : il est certains admirateurs à la cervelle compliquée qui prêtent aux artistes des intentions tout à fait inattendues. De ceux-là ne tenons pas compte.

Mais soyez convaincu que les maîtres ont toujours pleine conscience de ce qu'ils font.

Et hochant la tête :

— En vérité, si les sceptiques dont vous parlez savaient quelle énergie il faut parfois à l'artiste pour traduire bien faiblement ce qu'il pense et ce qu'il sent avec la plus grande force, ils ne douteraient certainement pas que ce qui apparaît lumineusement dans une peinture ou dans une sculpture n'ait été voulu.

Quelques instants après, il reprit :

— En somme, les plus purs chefs-d'œuvre sont ceux où l'on ne trouve plus aucun déchet inexpressif de formes, de lignes et de couleurs, mais où tout, absolument tout se résout en pensée et en âme.

Et il se peut bien que, quand les maîtres animent la Nature de leur idéal, ils s'illusionnent.

Il se peut qu'elle soit gouvernée par une Force indifférente ou par une Volonté dont notre intelligence est incapable de pénétrer les desseins.

Du moins, l'artiste, en représentant l'Univers tel qu'il l'imagine, formule ses propres rêves. A propos de la Nature, c'est son âme qu'il célèbre.

Et ainsi il enrichit l'âme de l'humanité.

Car, en teintant de son esprit le monde matériel, il révèle à ses contemporains extasiés mille nuances de sentiment. Il leur fait découvrir en eux-mêmes des richesses jusqu'alors inconnues. Il leur donne des raisons nouvelles d'aimer la vie, de nouvelles clartés intérieures pour se conduire.

Il est, comme le disait Dante de Virgile, *leur guide, leur seigneur et leur maître.*

CHAPITRE IX

Le mystère dans l'art

Un matin que j'étais allé à Meudon pour voir Rodin, on me dit dans le corridor de la maison qu'il était malade et qu'il se reposait dans sa chambre.
Je me retirais déjà, quand, une porte s'ouvrant en haut de l'escalier, j'entendis le maître qui m'appelait :

— Montez donc, vous me ferez plaisir !

Je m'empressai de répondre à cette invitation et je trouvai Rodin en robe de chambre, les cheveux ébouriffés, les pieds dans des pantoufles, devant un bon feu de bois, car on était en novembre.

— C'est, me dit-il, l'époque de l'année où je prends la permission d'être malade.

— *???*

— Mais oui ! Pendant tout le reste du temps, j'ai tant de besogne, d'occupations, de soucis, qu'il m'est tout à fait impossible de souffler un seul instant. Mais la fatigue s'accumule et j'ai beau lutter opiniâtrement pour la vaincre, quand approche la fin de l'année je suis forcé d'arrêter mes travaux pendant quelques jours.

Tout en recueillant ces confidences, je regardais contre la muraille une grande croix à laquelle était cloué un Christ, trois quarts nature.

C'était une sculpture peinte, d'un fort beau caractère. Le cadavre divin pendait comme une sublime loque au bois de supplice : chairs meurtries, exsangues, verdâtres, tête tombante et douloureusement résignée ; un dieu si mort qu'il semblait ne devoir jamais ressusciter : la consommation la plus complète du mystérieux sacrifice.

— Vous admirez mon crucifix ! me dit Rodin. Il est prodigieux, n'est-ce pas ? Il rappelle par son réalisme celui de la chapelle *del Santisimo Cristo*, à Burgos, cette image si impressionnante, si terrifiante, si horrible, disons le mot, qu'elle passe pour un vrai cadavre humain empaillé...

A la vérité, le Christ que voici est beaucoup moins sauvage. Comme les lignes du corps et des bras sont pures et harmonieuses !

Voyant mon hôte en extase, j'eus l'idée de lui demander s'il était religieux.

— C'est selon la signification qu'on attache au mot, me répondit-il. Si l'on entend par religieux l'homme qui s'astreint à certaines pratiques, qui s'incline devant certains dogmes, évidemment je ne suis pas religieux. Qui l'est encore à notre époque ? Qui peut abdiquer son esprit critique et sa raison ?

Mais, à mon avis, la religion est autre chose que le balbutiement d'un credo. C'est le sentiment de tout ce qui est inexpliqué et sans doute inexplicable dans le monde. C'est l'adoration de la Force ignorée qui maintient les lois universelles, et qui conserve les types des êtres ; c'est le soupçon de tout ce qui dans la Nature ne tombe pas sous nos sens, de tout l'immense domaine des choses que ni les yeux de notre corps ni même ceux de notre esprit ne sont capables de voir ; c'est encore l'élan de notre conscience vers l'infini, l'éternité, vers la science et l'amour sans limites, promesses peut-être illusoires, mais qui, dès cette vie, font palpiter notre pensée comme si elle se sentait des ailes.

En ce sens-là, je suis religieux.

Rodin suivait maintenant les lueurs ondoyantes et rapides du bois qui brûlait dans la cheminée.

Il reprit :

— Si la religion n'existait pas, j'aurais eu besoin de l'inventer.

Les vrais artistes sont, en somme, les plus religieux des mortels.

On croit que nous ne vivons que par nos sens et que le monde des apparences nous suffit. On nous prend pour des enfants qui s'enivrent de couleurs chatoyantes et qui s'amusent avec les formes comme avec des poupées... L'on nous comprend mal. Les lignes et les nuances ne sont pour nous que les signes de réalités cachées. Au-delà des surfaces, nos regards plongent jusqu'à l'esprit, et quand ensuite nous reproduisons des contours, nous les enrichissons du contenu spirituel qu'ils enveloppent.

L'artiste digne de ce nom doit exprimer toute la vérité de la Nature, non point seulement la vérité du dehors, mais aussi, mais surtout celle du dedans.

Quand un bon sculpteur modèle un torse humain, ce ne sont pas seulement des muscles qu'il représente, c'est la vie qui les anime... mieux que la vie... la puissance qui les façonna et leur communiqua soit la grâce, soit la vigueur, soit le charme amoureux, soit la fougue indomptée.

Michel-Ange fait gronder la force créatrice dans toutes les chairs vivantes... Luca della Robbia la fait divinement sourire. Ainsi chaque statuaire, suivant son tempérament, prête à la Nature une âme terrible ou très douce.

Le paysagiste va plus loin peut-être. Ce n'est pas seulement chez les êtres animés qu'il voit le reflet de l'âme universelle : c'est dans les arbres, les buissons, les plaines, les collines. Ce qui pour les autres hommes n'est que du bois et de la terre apparaît au grand paysagiste comme le visage d'un être immense. Corot voyait de la bonté éparse sur la cime des arbres, sur l'herbe des prairies et sur le miroir des lacs. Millet y voyait de la souffrance et de la résignation.

Partout le grand artiste entend l'esprit répondre à son esprit. Où trouverez-vous un homme plus religieux ?

Le sculpteur ne fait-il pas acte d'adoration encore quand il aperçoit le caractère grandiose des formes qu'il étudie, quand, du milieu des lignes passagères, il sait dégager le type éternel de chaque être, quand il semble discerner au sein même de la divinité les modèles immuables d'après lesquels toutes les créatures sont pétries. Regardez, par exemple, les chefs-d'œuvre de la statuaire égyptienne, figures humaines ou animaux, et dites si l'accentuation des contours essentiels ne produit pas l'effet troublant d'un hymne sacré. Tout artiste qui a le don de généraliser les formes, c'est-à-dire d'en accuser la logique sans les vider de leur réalité vivante, provoque la même émotion religieuse; car il nous communique le frisson qu'il a éprouvé lui-même devant des vérités immortelles.

— *Quelque chose, dis-je, comme le tremblement de Faust visitant cet étrange royaume des Mères où il s'entretient avec les héroïnes impérissables des grands poètes et où il contemple, impassibles dans leur majesté, toutes les idées génératrices des réalités terrestres.*

— Quelle magnifique scène, s'écria Rodin, et quelle ampleur de vision chez ce Goethe !

Il poursuivit :

— Le mystère est d'ailleurs comme l'atmosphère où baignent les très belles œuvres d'art.

Elles expriment en effet tout ce que le génie éprouve en face de la Nature. Elles la représentent avec toute la clarté, avec toute la magnificence qu'un cerveau humain sait y découvrir. Mais forcément aussi elles se heurtent à l'immense Inconnaissable qui enveloppe de toutes parts la très petite sphère du connu. Car enfin nous ne sentons et nous ne concevons dans le monde que cette extrémité des choses par laquelle elles se présentent à nous et peuvent impressionner nos sens et notre âme. Mais tout le reste se prolonge dans une obscurité infinie. Et même tout près de nous, mille choses nous sont cachées parce que nous ne sommes pas organisés pour les saisir.

Comme Rodin se taisait un moment, je me contentai de réciter les vers de Victor Hugo :

Nous ne voyons jamais qu'un seul côté des choses
L'autre plonge en la nuit d'un mystère effrayant.
L'homme subit l'effet sans connaître les causes :
Tout ce qu'il voit est court, inutile et fuyant.

— Le poète l'a dit mieux que moi, fit Rodin en souriant.

Il continua :

— Les belles œuvres, qui sont les plus hauts témoignages de l'intelligence et de la sincérité humaine, disent tout ce que l'on peut dire sur l'homme et sur le monde, et puis elles font comprendre qu'il y a autre chose qu'on ne peut connaître.

Tout chef-d'œuvre a ce caractère mystérieux. On y trouve toujours un peu de vertige. Rappelez-vous le point d'interrogation qui plane sur tous les tableaux de Vinci. Mais j'ai tort de choisir pour exemple ce grand mystique, chez qui ma thèse se vérifie trop aisément. Prenons plutôt le sublime *Concert Champêtre* du Giorgione. C'est toute la douce joie de vivre ; mais à cela s'ajoute une sorte d'enivrement mélancolique : qu'est-ce que la joie humaine ? D'où vient-elle ? Où va-t-elle ? Enigme de l'existence !

Prenons encore, si vous voulez, les *Glaneuses* de Millet. Une de ces femmes qui peinent affreusement sous le soleil torride, se redresse et regarde l'horizon. Et nous croyons comprendre que, dans cette tête fruste, une question vient de se poser à travers un éclair de conscience : — A quoi bon ?

C'est là le mystère qui flotte sur toute l'œuvre.

A quoi bon la loi qui enchaîne les créatures à l'existence pour les faire souffrir ? A quoi bon ce leurre éternel qui leur fait aimer la vie, pourtant si douloureuse ? Angoissant problème !

Et ce ne sont pas seulement les chefs-d'œuvre de la civilisation chrétienne qui produisent cette impression mystérieuse. On la ressent de même devant les chefs-d'œuvre de l'Art antique, devant les *trois Parques* du Parthénon, par exemple. Je les nomme *Parques* parce que c'est l'appellation consacrée, bien que, de l'avis des savants, ces statues figurent d'autres déesses ; peu importe, d'ailleurs !... Ce ne sont que trois femmes assises, mais leur pose est si sereine, si auguste, qu'elles semblent participer de quelque chose d'énorme qu'on ne voit pas. Au-dessus d'elles règne en effet le grand mystère : la Raison immatérielle, éternelle, à qui toute la Nature obéit et dont elles sont elles-mêmes les célestes servantes.

Ainsi tous les maîtres s'avancent jusqu'à l'enclos réservé de l'Inconnaissable. Certains d'entre eux s'y meurtrissent lamentablement le front ; d'autres dont l'imagination est plus riante croient entendre par-dessus le mur les chants de mélodieux oiseaux qui peuplent le verger secret.

J'écoutais attentivement mon hôte, qui me livrait là ses pensées les plus précieuses sur son art. On eût dit que la fatigue, qui condamnait son corps au repos devant cet âtre aux flammes dansantes, laissait au contraire son esprit plus libre et l'invitait à se lancer éperdument dans le rêve.

Je ramenai l'entretien sur ses propres œuvres.

— Maître, lui dis-je, vous parlez des autres artistes,

mais vous vous taisez sur vous-même. Vous êtes cependant un de ceux qui ont mis le plus de mystère dans leur art. Dans vos moindres sculptures, on reconnaît comme le tourment de l'invisible et de l'inexplicable.

— Hé ! mon cher Gsell, fit-il en me jetant un regard ironique, si j'ai traduit certains sentiments dans mes œuvres, il est parfaitement inutile que je les détaille en paroles, car je ne suis pas un poète, mais un sculpteur ; et l'on doit pouvoir les lire facilement dans mes sculptures ; sinon, autant vaudrait que je n'eusse pas éprouvé ces sentiments.

— *Vous avez raison : c'est au public de les découvrir. Je vais donc vous dire ce que j'ai cru observer de mystérieux dans votre inspiration. Vous m'avertirez si j'ai vu juste.*

Il me semble que ce qui vous a surtout préoccupé chez l'être humain, c'est l'étrange malaise de l'âme ligotée dans le corps.

Dans toutes vos statues, c'est le même élan de l'esprit vers le rêve, malgré la pesanteur et la lâcheté de la chair.

Dans votre Saint Jean-Baptiste, *un organisme lourd et presque grossier est tendu et comme soulevé par une mission divine qui dépasse tous les horizons terrestres. Dans vos* Bourgeois de Calais, *l'âme éprise d'une immortalité sublime traîne au supplice le corps hésitant et paraît lui crier la fameuse parole :* Tu trembles, carcasse ! *Dans votre* Penseur, *la méditation, qui veut en vain embrasser l'absolu, contracte, sous son terrible effort, un corps athlétique, le ploie, le met en boule, l'écrase. Dans votre* Baiser *même, les corps frémissent anxieusement comme s'ils se sentaient d'avance inca-*

pables de réaliser l'indissoluble union désirée par les âmes. Dans votre Balzac, *le génie, hanté par de gigantesques visions, secoue comme un haillon le corps malade, le contraint à l'insomnie et le condamne à un labeur de forçat.*

Est-ce bien cela, maître ?

— Je ne dis pas non, fit Rodin qui caressait pensivement sa longue barbe.

— Et dans vos bustes plus encore peut-être vous avez montré cette impatience de l'esprit contre les chaînes de la matière.

Presque tous rappellent les beaux vers du poète :

> *Ainsi qu'en s'envolant l'oiseau courbe la branche,*
> *Son âme avait brisé son corps !*

Vous avez représenté les écrivains la tête inclinée comme sous le poids de leurs pensées. Quant à vos artistes, ils fixent droit devant eux la Nature, mais ils sont hagards, parce que leur rêverie les entraîne bien au-delà de ce qu'ils voient, bien au-delà de ce qu'ils peuvent exprimer !

Tel buste de femme, au Musée du Luxembourg, peut-être le plus beau que vous ayez sculpté, penche et vacille, comme si l'âme était prise d'étourdissement en plongeant dans l'abîme du songe.

Et, pour tout dire, vos bustes m'ont souvent rappelé les portraits de Rembrandt : car le maître hollandais a, lui aussi, rendu sensible cet appel de l'infini en éclairant le front de ses personnages par une lumière qui tombe d'en haut.

— Me comparer à Rembrandt, quel sacrilège ! s'écria vivement Rodin... A Rembrandt, le colosse de l'Art ! Y pensez-vous, mon ami !... Devant Rembrandt, prosternons-nous et ne mettons jamais personne à côté de lui !...

Mais vous avez touché juste en observant dans mes œuvres les sursauts de l'âme vers le royaume peut-être chimérique de la vérité et de la liberté sans bornes. C'est bien là, en effet, le mystère qui m'émeut.

Un moment après, il me demanda :

— Etes-vous convaincu maintenant que l'Art est une sorte de religion ?

— *Sans doute, lui répondis-je.*

Alors, malicieusement :

— Il importe pourtant de se rappeler que le premier commandement de cette religion pour ceux qui veulent la pratiquer est de savoir bien modeler un bras, un torse ou une cuisse !

CHAPITRE X

Phidias et Michel-Ange

Un samedi soir, Rodin me dit :

— Venez me voir demain matin à Meudon ; nous parlerons de Phidias et de Michel-Ange, et je modèlerai devant vous des statuettes d'après les principes de l'un et de l'autre. Vous saisirez ainsi parfaitement les différences essentielles des deux inspirations ou, pour mieux dire, l'opposition qui les sépare.

Phidias et Michel-Ange jugés et commentés par Rodin... on imagine si je fus exact au rendez-vous.

Le maître s'installa devant une table de marbre et se fit apporter de la glaise. On était encore en hiver et le grand atelier n'était pas chauffé. Je confiai à un praticien ma crainte que mon hôte ne prît froid :

— Oh ! jamais quand il travaille, me répondit-il en souriant.

Le fait est que la fièvre avec laquelle le maître se mit aussitôt à pétrir l'argile m'enleva toute inquiétude.

Il m'avait invité à m'asseoir à côté de lui et, roulant sur la table des boudins de terre, il s'en servit pour façonner rapidement une maquette.

Il parlait en même temps.

— Cette première figure, me dit-il, va être établie selon la conception de Phidias.

Quand je prononce ce nom, je pense en réalité à toute la sculpture grecque, dont le génie de Phidias fut la plus haute expression.

Le personnage d'argile prenait tournure. Les mains de Rodin allaient, venaient, superposant les morceaux de terre, les massant dans leurs larges paumes sans qu'aucun de leurs mouvements fût perdu ; puis le pouce, les doigts se mettaient de la partie, tournant une cuisse d'une seule pression, cambrant une hanche, inclinant une épaule, faisant virer la tête, tout cela avec une célérité incroyable, comme s'il se fût agi d'un exercice de prestidigitation. Parfois le maître s'arrêtait un moment pour regarder son œuvre, réfléchissait, prenait une décision et soudain exécutait à toute allure ce que son esprit avait résolu.

Je n'ai jamais vu travailler si vite : évidemment la sûreté de l'intelligence et du coup d'œil finit par donner à la main des grands artistes une aisance comparable à l'adresse des plus merveilleux jongleurs ou, pour faire un rapprochement avec une profession plus glorieuse, à l'habileté des meilleurs chirurgiens. Au reste, cette facilité, loin d'exclure la précision et la vigueur, les implique au contraire, et elle n'a rien à voir par conséquent, avec la virtuosité insignifiante.

Maintenant la statuette de Rodin vivait. Elle était délicieusement cadencée, un poing sur la hanche, l'autre bras tombant avec grâce le long de la cuisse et elle penchait amoureusement la tête.

— Je n'ai point la fatuité de croire que cette ébauche soit aussi belle que l'antique, dit le maître en riant; mais ne trouvez-vous pas qu'elle en donne une lointaine idée ?

— *On jurerait que c'est la copie d'un marbre grec, lui répondis-je.*

— Eh bien ! examinons d'où vient cette ressemblance.

Ma statuette offre de la tête aux pieds quatre plans qui se contrarient alternativement.

Le plan des épaules et du thorax fuit vers l'épaule gauche; le plan du bassin fuit vers le côté droit; le plan des genoux fuit de nouveau vers le genou gauche, car le genou de la jambe droite pliée vient en avant de l'autre; et enfin la pied de cette même jambe droite est en arrière du pied gauche.

Ainsi je le répète, vous pouvez remarquer dans mon personnage quatre directions, qui produisent à travers le corps tout entier une ondulation très douce.

Cette impression de charme tranquille est également donnée par l'aplomb même de la figure. La ligne d'aplomb traversant le milieu du cou tombe sur la malléole interne du pied gauche qui porte tout le poids du corps. L'autre jambe au contraire est libre : elle ne pose à terre que par l'extrémité des orteils et ne fournit ainsi qu'un point d'appui supplémentaire : elle pourrait au besoin se lever sans compromettre l'équilibre. Posture pleine d'abandon et de grâce.

Autre observation à faire. Le haut du torse penche du

côté de la jambe qui supporte le corps. L'épaule gauche est donc à un niveau plus bas que l'autre. Mais, par opposition, la hanche gauche, à laquelle aboutit toute la poussée de la pose, est élevée et saillante. Ainsi, de ce côté du torse, l'épaule se rapproche de la hanche, tandis que, de l'autre côté, l'épaule droite, qui est élevée, s'écarte de la hanche droite qui est baissée. Cela rappelle le mouvement d'un accordéon qui se resserre, d'un côté, et se distend, de l'autre.

Ce double balancement des épaules et des hanches contribue encore à la sereine élégance de l'ensemble.

Regardez maintenant ma statuette de profil.

Elle est cambrée en arrière : le dos se creuse et le thorax se bombe légèrement vers le ciel. Elle est convexe, en un mot.

Cette configuration lui fait recevoir en plein la lumière qui se distribue mollement sur le torse et les membres, et ajoute ainsi à l'agrément général.

Or, les différentes particularités que nous relevons dans cette ébauche, on les pourrait noter dans presque tous les antiques. Sans doute, il y a de nombreuses variantes, sans doute il y a même quelques dérogations aux principes fondamentaux, mais toujours vous retrouverez dans les œuvres grecques la plus grande partie des caractères que je viens d'indiquer.

Traduisez ce système technique en langage spirituel : vous reconnaîtrez alors que l'art antique signifie bonheur de vivre, quiétude, grâce, équilibre, raison.

Rodin enveloppa sa statuette d'un regard.

— On pourrait, dit-il, la finir davantage ; mais ce ne serait que pour nous amuser, puisque, telle qu'elle est, elle m'a suffi pour ma démonstration.

Les détails n'y ajouteraient d'ailleurs que peu de chose. Et voici en passant une vérité importante. Quand les plans d'une figure sont bien posés, avec intelligence et décision, tout est fait, pour ainsi dire ; l'effet total est obtenu ; les fignolages qui viendront ensuite pourront plaire au spectateur ; mais ils sont presque superflus. Cette science des plans est commune à toutes les grandes époques : elle est presque ignorée aujourd'hui.

Là-dessus, poussant de côté sa maquette d'argile :

— A présent, j'en vais faire une autre selon la conception de Michel-Ange.

Il ne procéda nullement comme pour la première.

Il tourna d'un même côté les deux jambes de son personnage et le corps du côté opposé. Il fléchit le torse en avant ; il plia et colla un bras contre le corps et ramena l'autre derrière la tête.

L'attitude ainsi évoquée offrait un étrange aspect d'effort et de torture.

Rodin avait façonné cette ébauche aussi vite que la précédente, mais en écrasant avec plus de nervosité encore ses boulettes de glaise et en lançant avec plus de frénésie ses coups de pouce.

— Voilà ! fit-il ; que vous en semble ?

— *On croirait vraiment un pastiche de Michel-Ange ; ou plutôt une réplique d'une de ses œuvres. Quelle vigueur ! Quelle tension de la musculature !*

— Eh bien ! Suivez mes explications. Ici, au lieu de quatre plans, il n'y en a plus que deux, un pour le haut de la statuette et un autre en sens contraire pour le bas. Ceci donne au geste à la fois de la violence et de la contrainte : et de là résulte un saisissant contraste avec le calme des antiques.

Les deux jambes sont ployées et par conséquent le poids du corps est réparti sur l'une et l'autre au lieu de porter exclusivement sur l'une des deux. Il n'y a donc point là repos, mais travail des deux membres inférieurs.

Au reste, la hanche correspondant à la jambe qui porte le moins est celle qui sort et s'élève le plus, ce qui indique qu'une poussée du corps est en train de se produire dans ce sens.

Le torse n'est pas moins animé. Au lieu de fléchir paisiblement comme dans l'antique sur la hanche la plus saillante, au contraire il relève l'épaule du même côté afin de continuer le mouvement de la hanche.

Notez encore que la concentration de l'effort plaque les deux jambes l'une contre l'autre et les deux bras contre le corps et contre la tête. Ainsi disparaît tout vide entre les membres et le tronc : l'on ne voit plus ces ajour qui, provenant de la liberté avec laquelle étaient disposés les bras et les jambes, allégeaient la sculpture grecque : l'art de Michel-Ange crée des statues d'une venue, d'un bloc. Lui-même disait que seules étaient bonnes les œuvres qu'on aurait pu faire rouler du haut d'une montagne sans en rien casser ; et, à son avis, tout ce qui se fût brisé dans une pareille chute était superflu.

Assurément ses figures semblent taillées pour affronter cette épreuve ; mais il est certain aussi qu'aucun antique n'y aurait résisté : les plus belles œuvres de

Phidias, de Polyclète, de Scopas, de Praxitèle, de Lysippe fussent arrivées en morceaux au bas de la pente.

Et voilà comment une parole qui est vraie et profonde pour une école artistique se trouve fausse pour une autre.

Un dernier caractère très important de mon ébauche, c'est qu'elle est en forme de console : les genoux constituent la bosse inférieure, le thorax rentré figure la concavité, et la tête penchée, la saillie supérieure de la console. Ainsi le torse est arqué en avant, tandis qu'il l'était en arrière dans l'art antique. C'est ce qui produit ici des ombres très accentuées dans le creux de la poitrine et sous les jambes.

En somme, le plus puissant génie des temps modernes a célébré l'épopée de l'ombre, tandis que les Anciens chantèrent celle de la lumière.

Et si maintenant, comme nous l'avons fait pour la technique des Grecs, nous cherchons la signification spirituelle de celle de Michel-Ange, nous constatons que sa statuaire exprime le reploiement douloureux de l'être sur lui-même, l'énergie inquiète, la volonté d'agir sans espoir de succès, enfin le martyre de la créature que tourmentent des aspirations irréalisables.

Vous savez que Raphaël pendant une période de sa vie chercha à imiter Michel-Ange. Il n'y parvint pas. Cette fougue condensée de son rival, il ne put en découvrir le secret. C'est qu'il s'était formé à l'école des Grecs, comme le prouve ce divin trio des Grâces qui est à Chantilly, et dans lequel il copia un adorable groupe antique de Sienne. Sans le savoir, il revenait constamment aux principes de ses maîtres préférés. Celles de ses figures où il voulait mettre le plus de vigueur gardaient toujours ce rythme et ce balancement gracieux des chefs-d'œuvre helléniques.

Moi-même quand j'allai en Italie, ayant le cerveau

plein des modèles grecs que j'avais étudiés passionnément au Louvre, je me trouvai très déconcerté devant les Michel-Ange. Ils démentaient à tout moment les vérités que je croyais avoir définitivement acquises. « Tiens ! me disais-je, pourquoi cette incurvation du torse, pourquoi cette hanche qui s'élève, cette épaule qui s'abaisse ? » J'étais fort troublé...

Et pourtant Michel-Ange n'avait pu se tromper ! Il fallait comprendre. Je m'y appliquai et j'y réussis.

A vrai dire, Michel-Ange n'est pas, comme on l'a parfois soutenu, un solitaire dans l'art. Il est l'aboutissant de toute la pensée gothique. On dit généralement que la Renaissance fut la résurrection du rationalisme païen et sa victoire sur le mysticisme du moyen âge. Ce n'est qu'à moitié juste. L'esprit chrétien a continué à inspirer une bonne partie des artistes de la Renaissance, entre autres Donatello, le peintre Ghirlandaio qui fut le maître de Michel-Ange et Buonarotti lui-même.

Celui-ci est manifestement l'héritier des imagiers du treizième et du quatorzième siècle. On retrouve à chaque instant dans la sculpture du Moyen Age cette forme de console sur laquelle je viens d'attirer votre attention ; on y retrouve ce retrait du thorax, ces membres plaqués contre le torse et cette attitude d'effort. On y retrouve surtout une mélancolie qui envisage la vie comme un provisoire auquel il ne convient pas de s'attacher.

Comme je remerciai mon hôte de son précieux enseignement :

— Il faudra que nous le complétions un de ces jours par une visite au Louvre, me dit-il. Ne manquez pas de me rappeler cette promesse.

A ce moment, un domestique introduisit Anatole France, dont Rodin attendait la visite. Car le maître statuaire avait invité le grand écrivain à venir admirer sa collection d'antiques.

Je me félicitai fort, comme on pense, d'assister à cette entrevue de deux hommes qui font actuellement tant d'honneur à notre nation.

Ils se hâtèrent l'un vers l'autre avec cette mutuelle déférence et cette affable modestie que le vrai mérite témoigne toujours vis-à-vis de qui l'égale. Ils s'étaient déjà rencontrés dans des maisons amies; mais jamais ils n'étaient encore restés plusieurs heures ensemble comme il leur arriva ce jour-là.

Ils forment l'un avec l'autre une sorte d'antithèse.

Anatole France est grand et maigre. Il a la figure longue et fine; ses yeux noirs malicieux sont embusqués au fond de ses orbites; il a des mains délicates et effilées; ses gestes soulignent avec vivacité et précision les jeux de son ironie.

Rodin est trapu; il a de fortes épaules; son visage est ample; ses yeux rêveurs, souvent à demi clos, s'ouvrent parfois largement et découvrent des prunelles d'un azur très clair. Sa barbe fournie le fait ressembler à un prophète de Michel-Ange. Il se meut lentement, gravement. Ses mains vastes, aux doigts courts, sont d'une robuste souplesse.

L'un est la personnification de l'analyse spirituelle et profonde, l'autre, de la hardiesse et de la passion.

Le sculpteur nous mena devant les antiques qu'il possédait, et la conversation se rattacha naturellement au sujet qu'il venait de traiter avec moi.

Une stèle grecque provoqua l'admiration d'Anatole France. Elle représentait une jeune femme assise qu'un homme regardait amoureusement et derrière laquelle se tenait une servante penchée sur les épaules de sa maîtresse.

— Comme ces Grecs aimaient la vie, s'écria le père de *Thaïs*.

Voyez ! Rien ne rappelle le trépas sur cette funéraire. La morte demeure au milieu des vivants et semble participer encore à leur existence ; elle est devenue seulement très faible et, comme elle ne peut plus se soutenir, il faut qu'elle reste assise. C'est un des caractères qui d'ordinaire désignent les morts sur les stèles antiques : leurs jambes étant sans force, ils ont besoin de s'appuyer sur un bâton ou bien contre une muraille, ou bien de s'asseoir.

Il y a encore un autre détail qui, fréquemment, les distingue. Tandis que les personnages vivants qui sont figurés autour d'eux les regardent avec tendresse, eux-mêmes laissent errer leurs yeux dans le vague et ne les fixent sur personne. Ils ne voient plus ceux qui les voient. Ils continuent pourtant à vivre comme des infirmes très aimés au milieu de ceux qui les chérissent. Et cette demi-présence, ce demi-éloignement sont la plus touchante expression du regret que, selon les Anciens, la lumière du jour inspirait aux trépassés.

Nous passâmes en revue beaucoup d'autres antiques. La collection de Rodin est nombreuse et choisie. Il s'enorgueillit surtout d'un Hercule, dont la vigoureuse sveltesse nous enthousiasma. C'est une statue qui ne ressemble nullement au gros Hercule Farnèse. Elle est merveilleusement élégante. Le demi-dieu, dans toute sa fière jeunesse, a le torse et les membres d'une finesse extrême.

— Tel est bien, nous dit notre hôte, le héros qui forçait à la course la biche aux pieds d'airain. Le pesant athlète de Lysippe n'eût pas été capable d'une telle prouesse. La force s'allie souvent à la grâce et la vraie grâce est forte : double vérité dont l'*Hercule* que voici peut rendre témoignage. Comme vous le voyez, en effet, le fils d'Alcmène paraît d'autant plus robuste que son corps est plus harmonieusement proportionné.

Anatole France s'arrêta longuement devant un charmant petit torse de déesse.

— C'est, dit-il, une des innombrables *Aphrodites pudiques* qui, dans l'antiquité, reproduisirent plus ou moins librement la *Vénus de Cnide*, le chef-d'œuvre de Praxitèle. La Vénus du Capitole et celle de Médicis, entre autres, ne sont que des variantes de ce modèle tant de fois copié.

Chez les Grecs, beaucoup d'excellents statuaires mettaient ainsi leurs soins à imiter l'œuvre d'un maître qui les avait précédés. Ils n'apportaient que peu de modifications à la donnée générale et ne montraient leur personnalité que dans la science de l'exécution.

Au surplus, c'était, semble-t-il, la dévotion qui, en s'attachant à une image sculpturale, interdisait ensuite aux artistes de s'en écarter. La religion fixe une fois pour toutes les types divins qu'elle adopte. Nous nous étonnons de retrouver tant de *Vénus pudiques*, tant de *Vénus accroupies :* nous oublions que ces statues étaient sacrées. L'on exhumera de même dans mille ou deux mille ans une foule de Vierges de Lourdes, très semblables les unes aux autres, avec une robe blanche, un rosaire et une ceinture bleue.

— *Qu'elle était douce, m'écriai-je, cette religion grecque, qui offrait des formes si voluptueuses à l'adoration de ses fidèles !*

— Elle était belle, reprit Anatole France, puisqu'elle nous a légué de si séduisantes Vénus ; mais douce, ne croyez pas qu'elle le fût. Elle était intolérante et tyrannique comme toute ferveur pieuse.

Au nom des Aphrodites à la chair frémissante, beaucoup de nobles esprits furent tourmentés. Au nom de l'Olympe, les Athéniens tendirent à Socrate la coupe de ciguë. Et rappelez-vous les vers de Lucrèce :

Tantum religio potuit suadere malorum !

Voyez-vous, si les dieux de l'antiquité nous sont aujourd'hui sympathiques, c'est qu'ils ne peuvent plus faire de mal, étant déchus.

Il était midi et, Rodin nous ayant priés de passer dans la salle à manger, nous quittâmes à regret sa belle collection.

VISITE AU LOUVRE

Quelques jours après, Rodin, mettant à exécution la promesse qu'il m'avait faite, m'invita à l'accompagner au Musée du Louvre.

Nous ne fûmes pas plus tôt devant les Antiques qu'il montra un air heureux, comme s'il se retrouvait au milieu d'anciens amis.

— Que de fois, me dit-il, suis-je venu ici autrefois, quand je n'avais encore qu'une quinzaine d'années. J'avais eu d'abord le violent désir d'être peintre. La couleur m'attirait. Je montais souvent là-haut pour admirer les Titien et les Rembrandt. Mais hélas ! je n'avais pas assez d'argent pour m'acheter des toiles et des tubes de couleurs. Pour copier les Antiques, au contraire, je n'avais besoin que de papier et de crayons. Je fus donc forcé de ne travailler que dans les salles du bas et j'y pris bientôt une telle passion pour la sculpture que je ne pensai plus à rien d'autre.

En entendant Rodin me raconter ainsi les études qu'il fit d'après l'antique, je songeai à l'injustice des faux classiques qui l'ont accusé de s'être insurgé contre la tradition. La tradition ! c'est ce prétendu révolté qui, de nos jours, la connaît le mieux et la respecte le plus !

Il me conduisit dans la salle des moulages et, me désignant le Diadumène *de Polyclète dont le marbre est au British Museum :*

— Vous pouvez observer ici, me dit-il, les quatre directions que j'avais indiquées l'autre jour dans ma maquette de terre. Considérez, en effet, le côté gauche de cette statue : l'épaule est légèrement en avant, le pied est en arrière ; et de là résulte la douce ondulation de l'ensemble.

Maintenant remarquez le balancement des niveaux : niveau des épaules plus bas vers celle de droite ; niveau des hanches plus bas vers celle de gauche. Notez l'aplomb qui, passant par le milieu du cou, tombe sur la malléole interne du pied droit ; notez la pose libre de la jambe gauche.

Enfin constatez de profil la convexité de la face antérieure de la statue.

Dès ce premier exemple, j'étais convaincu. Rodin répéta sa démonstration sur quantité d'autres Antiques.

Quittant les moulages, il me mena devant le torse divin du Périboétos *de Praxitèle :*

— Fuite des épaules vers celle de gauche, fuite des hanches vers celle de droite ; niveau des épaules plus haut vers celle de droite ; niveau des hanches plus haut vers celle de gauche.

Et se laissant aller à des impressions moins théoriques :

— Quelle élégance ! dit-il. Ce jeune torse sans tête semble sourire à la lumière et au printemps mieux que des yeux et des lèvres ne le pourraient faire.

Puis, devant la Vénus de Milo :

— Voilà la merveille des merveilles ! Un rythme exquis très semblable à celui des statues que nous venons d'admirer ; mais, de plus, quelque chose de pensif ; car ici nous ne trouvons plus la forme convexe ; au contraire, le torse de cette déesse se courbe un peu en avant comme dans la statuaire chrétienne. Pourtant rien d'inquiet ni de tourmenté. L'œuvre est de la plus belle inspiration antique : c'est la volupté réglée par la mesure, c'est la joie de vivre cadencée, modérée par la raison.

Ces chefs-d'œuvre me produisent un étrange effet. Ils reconstituent naturellement dans ma pensée l'atmosphère et le pays où ils naquirent.

Je vois les jeunes Grecs aux cheveux bruns couronnés de violettes et les vierges aux tuniques flottantes offrir des sacrifices aux dieux dans ces temples dont les lignes étaient pures et majestueuses et dont le marbre avait la chaude transparence de la chair ; j'imagine des philosophes se promenant aux alentours d'une ville et s'entretenant de la Beauté près d'un vieil autel qui leur rappelait une aventure terrestre de quelque dieu. Les oiseaux cependant chantaient sous le lierre, dans les larges platanes, dans les buissons de lauriers et de myrtes, et les ruisseaux miroitaient sous le ciel, enveloppe sereine de cette nature sensuelle et paisible.

Quelques instants après, nous étions devant la Victoire de Samothrace.

— Replacez-la en esprit sur un beau rivage d'or, d'où l'on voyait, sous les branches des oliviers, la mer étincelant au loin avec ses îles blanches !

Les Antiques ont besoin de la pleine lumière ; dans nos musées, ils sont alourdis par des ombres trop fortes : la réverbération de la Terre ensoleillée et de la Méditerranée voisine les auréolait d'une éblouissante splendeur.

Leur *Victoire*... c'était leur *Liberté :* comme elle différait de la nôtre !

Elle ne retroussait point sa robe pour franchir des barricades. Elle était vêtue de lin très léger et non de gros drap : son corps merveilleusement beau n'était pas taillé pour les tâches quotidiennes ; ses mouvements, quoique vigoureux, étaient toujours harmonieusement équilibrés.

A la vérité, elle n'était pas la Liberté de tous les hommes, mais seulement des esprits distingués.

Les philosophes la contemplaient avec ravissement.

Mais les vaincus, les esclaves qu'elle faisait fouetter ne pouvaient avoir de tendresse pour elle.

C'était là le défaut de l'idéal hellénique.

La beauté que concevaient les Grecs était l'Ordre rêvé par l'Intelligence ; mais aussi ne s'adressait-elle qu'aux cerveaux très cultivés : elle dédaignait les âmes humbles : elle n'avait nul attendrissement pour la bonne volonté des êtres frustes et ne savait point qu'il y a dans chaque cœur un rayon du ciel.

Elle était tyrannique pour tout ce qui n'était pas capable de haute pensée ; elle inspirait à Aristote l'apologie ; elle n'admettait que la perfection des formes et elle ignorait que l'expression d'une créature disgraciée peut être sublime : elle faisait jeter cruellement dans un gouffre les enfants contrefaits.

Cet ordre même, pour lequel s'exaltaient les philosophes, offrait quelque chose de trop arrêté. Ils l'avaient imaginé selon leurs désirs et non tel qu'il existe dans le vaste Univers. Ils l'avaient arrangé selon leur géométrie humaine. Ils se figuraient le monde limité par une grande sphère de cristal : ils avaient peur de l'indéfini. Ils avaient peur aussi du progrès. Suivant eux, la création n'avait jamais été si belle qu'à son aurore, quand rien ne troublait encore l'équilibre primitif. Depuis, tout n'avait fait qu'empirer : un peu de confusion s'introduisait chaque jour dans l'ordre universel. L'âge d'or que nous entrevoyons à l'horizon de l'avenir, ils le plaçaient loin derrière eux dans le recul des temps.

Ainsi leur passion pour le bel ordre les trompait. L'ordre sans doute règne dans l'immense nature ; mais il est bien plus complexe que l'homme par les premiers efforts de sa raison ne pouvait se le représenter ; il est d'ailleurs éternellement changeant.

Pourtant jamais la statuaire ne fut plus radieuse que

lorsqu'elle s'inspira de cet ordre étroit. C'est que cette calme beauté pouvait s'exprimer tout entière dans la sérénité des marbres diaphanes : c'est qu'il y avait accord parfait de la pensée et de la matière qu'elle animait. L'esprit moderne, au contraire, bouleverse et brise toutes les formes dans lesquelles il s'incarne.

Non, jamais nul artiste ne surpassera Phidias. Car le progrès existe dans le monde, mais non dans l'art. Le plus grand des sculpteurs qui parurent dans le temps où tout le rêve humain pouvait s'enclore dans le fronton d'un temple restera à jamais inégalé.

Nous nous rendîmes ensuite dans la salle de Michel-Ange.

Pour y accéder, nous traversâmes celle de Jean Goujon et de Germain Pilon.

— *Vos grands frères, dis-je à Rodin.*

— Je le voudrais bien, fit-il avec un soupir.

Nous étions maintenant devant les Captifs *de Buonarotti.*

Nous regardâmes d'abord celui de droite, qui se présente de profil.

— Voyez ! deux grandes directions seulement. Les jambes, de notre côté, le torse, du côté opposé. Cela donne à l'attitude une force extrême. Point de balancement de niveaux. C'est la hanche droite qui est la plus élevée et c'est également l'épaule droite qui est au niveau le plus haut. Le mouvement en acquiert plus d'ampleur. Observons l'aplomb. Il tombe non plus sur un pied, mais entre les deux : ainsi les deux jambes à la fois portent le torse et semblent accomplir un effort.

Considérons, enfin, l'aspect général. C'est celui d'une console : les jambes ployées font, en effet, une saillie en avant et le thorax rentré forme un creux.

C'est la confirmation de ce que je vous montrai dans mon atelier sur mon ébauche d'argile.

Puis se tournant vers l'autre Captif :

— La forme de console est ici dessinée non point par le retrait de la poitrine, mais par le coude levé qui vient surplomber en avant.

Cette silhouette si particulière est, je vous l'ai déjà dit, celle de toute la statuaire du Moyen Age.

La console, c'est la Vierge assise qui s'incline vers son enfant. C'est le Christ cloué sur la croix, les jambes fléchissantes, le torse penché vers les hommes que son supplice doit racheter. C'est la *Mater dolorosa* qui se courbe sur le cadavre de son fils.

Michel-Ange, encore une fois, n'est que le dernier et le plus grand des gothiques.

Retour de l'âme sur elle-même, souffrance, dégoût de la vie, lutte contre les chaînes de la matière, tels sont les éléments de son inspiration.

Ces *Captifs* sont retenus par des liens si faibles qu'il semble facile de les rompre. Mais le sculpteur a voulu montrer que leur détention est surtout morale. Car, bien qu'il ait représenté dans ces figures les provinces par le pape Jules II, il leur a donné une valeur symbolique. Chacun de ses prisonniers est l'âme humaine qui voudrait faire éclater la chape de son enveloppe corporelle afin de posséder la liberté sans limites.

Regardez le *Captif* de droite. Il a le masque de Beethoven. Michel-Ange a deviné les traits du plus douloureux des grands musiciens.

Qu'il ait été lui-même affreusement torturé par la mélancolie, c'est ce que prouve son existence.

« *Pourquoi espère-t-on plus de vie et de plaisir*, dit-il dans un de ses beaux sonnets. *La joie terrestre nous nuit d'autant plus qu'elle nous séduit davantage.* »

Et, dans une autre pièce de vers :

« *Celui-là jouit du meilleur sort, dont la mort suit de près la naissance.* »

Toutes les statues qu'il fit sont d'une contrainte si angoissée qu'elles paraissent vouloir se rompre elles-mêmes. Toutes semblent près de céder à la pression trop forte du désespoir qui les habite. Quand Buonarotti fut devenu vieux, il lui arriva de les briser réellement. L'art ne le contentait plus. Il voulait l'infini.

« *Ni la peinture, ni la sculpture*, écrivait-il, *ne charmeront plus l'âme tournée vers cet amour divin qui ouvrit ses bras sur la croix pour nous recevoir.* »

Ce sont exactement les paroles du grand mystique qui composa l'*Imitation de Jésus-Christ :*

« *La souveraine sagesse est de tendre au royaume du ciel par le mépris du monde.*

« *Vanité de s'attacher à ce qui passe si vite et de ne pas se hâter vers la joie qui ne finit point* ».

Rodin ouvrit alors une parenthèse au milieu de ses pensées :

— Je me rappelle qu'étant dans le Dôme de Florence, je regardai avec une profonde émotion la *Pieta* de

Michel-Ange. Ce chef-d'œuvre, qui d'ordinaire est dans l'ombre, était à ce moment éclairé par un grand flambeau d'argent. Et un jeune enfant de chœur d'une beauté parfaite, s'approchant du flambeau qui était de la même taille que lui, le tira vers sa bouche et en souffla la flamme. Alors je ne vis plus la merveilleuse sculpture. Et cet enfant me parut figurer le génie de la Mort qui éteint la Vie. J'ai gardé précieusement cette forte image dans mon cœur.

Il reprit :

— S'il m'est permis de parler un peu de moi, je vous dirai que j'ai oscillé, ma vie durant, entre les deux grandes tendances de la statuaire, entre la conception de Phidias et celle de Michel-Ange.

Je suis parti de l'Antique; mais lorsque j'allai en Italie, je me suis épris soudain du grand maître florentin, et mes œuvres se sont certainement ressenties de cette passion.

Depuis, surtout dans les derniers temps, je suis revenu à l'Antique.

Les thèmes favoris de Michel-Ange, la profondeur de l'âme humaine, la sainteté de l'effort et de la souffrance sont d'une austère grandeur.

Mais je n'approuve pas son mépris de la vie.

L'activité terrestre, si imparfaite qu'elle soit, est encore belle et bonne.

Aimons la vie pour l'effort même qu'on y peut déployer.

Pour moi, j'essaie de rendre sans cesse plus calme ma vision de la nature. C'est vers la sérénité que nous devons tendre. Il restera toujours en nous assez de l'anxiété chrétienne devant le mystère.

CHAPITRE XI

L'utilité des artistes

I

La veille du vernissage, je rencontrai Auguste Rodin au Salon de la Société Nationale. Il était accompagné de deux de ses élèves, passés maîtres eux-mêmes : l'excellent sculpteur Bourdelle, qui a exposé cette année un farouche Héraclès perçant de ses flèches les oiseaux du lac Stymphale, et Despiau, qui modèle des bustes d'une exquise finesse.

Tous trois étaient arrêtés devant une image du dieu Pan, que Bourdelle, dans sa fantaisie d'artiste, a sculptée à la ressemblance de Rodin. L'auteur de cette œuvre s'excusait d'avoir mis deux petites cornes au front de son maître. Et Rodin, en riant :

— Vous le deviez, puisque c'est Pan que vous représentiez. D'ailleurs Michel-Ange a donné des cornes semblables à son Moïse. Elles sont l'emblème de la toute-puissance et de la toute-sagesse, et je suis assurément très flatté d'en avoir été gratifié par vos soins.

Comme il était midi, le maître nous invita à déjeuner dans quelque restaurant du voisinage.

Nous sortîmes. Nous étions dans l'avenue des Champs-Elysées.

Sous le vert jeune et acide des marronniers, les autos et les équipages attelés glissaient en files miroitantes. C'était l'étincellement du luxe parisien dans son cadre le plus lumineux et le plus fascinant.

— Où déjeunerons-nous ? demanda Bourdelle avec une anxiété comique. Dans les restaurants de ces parages, l'on est généralement servi par des maîtres d'hôtel en habit, et c'est ce que je ne puis souffrir : car ces personnages m'intimident. A mon avis, il nous faudrait quelque bon rendez-vous de cochers.

Alors Despiau :

— L'on y mange mieux en effet que dans des maisons somptueuses où les mets sont sophistiqués. Et telle est bien la secrète pensée de Bourdelle : car la feinte modestie de ses goûts n'est en réalité que de la gourmandise.

Rodin conciliant se laissa mener par eux chez un petit traiteur, qui se dissimulait dans une rue proche des Champs-Elysées. Nous y choisîmes un coin confortable, où nous nous installâmes à notre convenance.

Despiau est d'humeur enjouée et taquine. Il dit à Bourdelle, en lui passant un plat :

— Sers-toi, Bourdelle, bien que tu ne mérites pas d'être nourri, car tu es un artiste, c'est-à-dire un inutile.

— Je te pardonne cette impertinence, dit Bourdelle, car tu en prends pour toi-même la moitié.

Sans doute traversait-il une crise momentanée de pessimisme, car il ajouta :

— D'ailleurs je ne veux pas te contredire. Il est bien vrai que nous ne sommes bons à rien.

Quand je me rappelle mon père, qui était scieur de long, je me dis : Celui-là faisait une besogne nécessaire à la société. Il apprêtait les matériaux avec lesquels sont édifiées les demeures des hommes. Je le vois, mon bon vieux, sciant consciencieusement ses pierres de taille, hiver comme été, dans les chantiers en plein vent. C'était un rude ouvrier, comme il n'y en a plus guère.

Mais moi... mais nous, quels services rendons-nous à nos semblables ? Nous sommes des jongleurs, des bateleurs, des personnages chimériques, qui amusent le public sur les places foraines. C'est à peine si l'on daigne s'intéresser à nos efforts. Peu de gens sont capables de les comprendre. Et je ne sais si nous sommes dignes de leur bienveillance, car le monde pourrait fort bien se passer de nous.

II

Là-dessus, Rodin :

— J'imagine que notre Bourdelle ne pense pas un mot de ce qu'il dit. Pour moi, j'ai une opinion toute contraire à celle qu'il vient d'exprimer. Je crois que les artistes sont les plus utiles des hommes.

Et Bourdelle, se mettant à rire :

— C'est que l'amour de votre profession vous aveugle.

— Non point, car mon jugement s'appuie sur des raisons très solides et dont je pourrais vous faire part.

— *Maître, j'ai grand désir de les connaître.*

— Prenez donc un peu de ce beaune, que le patron de céans nous recommande. Il vous mettra en meilleure disposition pour m'entendre.

Et quand il nous eut versé à boire :

— Une première remarque. Avez-vous fait réflexion que, dans la société moderne, les artistes, je veux dire les vrais artistes, sont presque les seuls hommes qui exercent leur métier avec plaisir ?

— *Il est certain, s'écria Bourdelle, que le travail est toute notre vie... ; mais cela ne signifie pas que...*

— Attendez ! Ce qui manque le plus à nos contemporains, c'est, il me semble, l'amour de leur profession. Ils n'accomplissent leur tâche qu'avec répugnance. Ils la *sabotent* volontiers. Il en est ainsi du haut en bas de l'échelle sociale. Les hommes politiques n'envisagent dans leurs fonctions que les avantages matériels qu'ils peuvent en tirer, et ils paraissent ignorer la satisfaction qu'éprouvaient les grands hommes d'Etat d'autrefois à traiter habilement les affaires de leur pays.

Les industriels, au lieu de soutenir l'honneur de leur marque, ne cherchent qu'à gagner le plus d'argent qu'ils peuvent en falsifiant leurs produits ; les ouvriers, animés contre leurs patrons d'une hostilité plus ou moins légitime, bâclent leur besogne. Presque tous les hommes d'aujourd'hui semblent considérer le travail comme une affreuse nécessité, comme une corvée maudite, tandis qu'il devrait être regardé comme notre raison d'être et notre bonheur.

Il ne faut pas croire d'ailleurs qu'il en ait toujours été ainsi. La plupart des objets qui nous restent de l'ancien régime, meubles, ustensiles, étoffes, dénotent une grande conscience chez ceux qui les fabriquèrent.

L'homme aime autant travailler bien que travailler mal ; je crois même que la première manière lui sourit davantage, comme plus conforme à sa nature. Mais il écoute tantôt les bons, tantôt les mauvais conseils ; et c'est actuellement aux mauvais qu'il accorde la préférence.

Et, pourtant, combien l'humanité serait plus heureuse, si le travail, au lieu d'être pour elle la rançon de l'existence, en était le but !

Pour que ce merveilleux changement s'opérât, il suffirait que tous les hommes suivissent l'exemple des artistes, ou mieux qu'ils devinssent tous des artistes eux-mêmes : car le mot dans son acception la plus large signifie pour moi ceux qui prennent plaisir à ce qu'ils font. Il serait à désirer qu'il y eût ainsi des artistes dans tous les métiers : des artistes charpentiers, heureux d'ajuster habilement tenons et mortaises ; des artistes maçons, gâchant le plâtre avec amour ; des artistes charretiers, fiers de bien traiter leurs chevaux et de ne pas écraser les passants. Cela formerait une admirable société, n'est-il pas vrai ?

Vous voyez donc que la leçon donnée par les artistes aux autres hommes pourrait être merveilleusement féconde.

— Bien plaidé, fit Despiau. Je me rétracte, Bourdelle, et je reconnais que tu mérites ta nourriture. Reprends de ces asperges, je te prie.

III

M'adressant alors à Rodin :

— Maître, lui dis-je, vous avez, sans nul doute, le don de la persuasion.

Mais, en somme, à quoi bon prouver l'utilité des artistes ? Assurément, comme vous venez de le montrer, leur passion pour le travail pourrait être d'un bienfaisant exemple. Mais le travail même qu'ils exécutent, n'est-ce point là précisément ce qui en fait le prix à nos yeux ?

— Comment l'entendez-vous ?

— Je veux dire que, fort heureusement, les œuvres d'art ne comptent point parmi les choses utiles, c'est-à-dire parmi celles qui servent à nous alimenter, à nous vêtir, à nous abriter, à satisfaire en un mot nos besoins corporels. Car, tout au contraire, elles nous arrachent à l'esclavage de la vie pratique et nous ouvrent le monde enchanté de la contemplation et du rêve.

— Mon cher ami, l'on se trompe bien d'ordinaire sur ce qui est utile et ce qui ne l'est pas.

Qu'on nomme utile ce qui répond aux nécessités de notre vie matérielle, j'y consens.

Aujourd'hui, d'ailleurs, l'on considère également

comme utiles les richesses qu'on étale uniquement pour en tirer vanité et pour exciter l'envie : et ces richesses sont non seulement inutiles, mais encombrantes.

Pour moi, j'appelle utile tout ce qui nous donne le bonheur. Or, il n'y a rien au monde qui nous rende plus heureux que la contemplation et le rêve. C'est ce qu'on oublie trop de nos jours. L'homme qui, à l'abri du dénuement, jouit en sage des innombrables merveilles que rencontrent à chaque instant ses yeux et son esprit, marche sur terre comme un dieu. Il s'enivre à admirer les beaux êtres pleins de sève qui déploient autour de lui leur frémissante ardeur, fiers échantillons de l'espèce humaine et des races animales, jeunes musculatures en mouvement, admirables machines vivantes, souples, sveltes et nerveuses ; il promène sa joie dans les vallons et sur les coteaux où le printemps se dépense en prodigieuses fêtes vertes et fleuries, en effluves d'encens, en murmures d'abeilles, en bruissements d'ailes et en chansons d'amour ; il s'extasie sur les rides d'argent qui se poursuivent et semblent sourire à la surface des fleuves ; il s'enthousiasme à observer les efforts tentés par Apollon, le dieu d'or pour écarter les nuages que la terre, au renouveau, élève entre elle et lui comme une pudique amante qui hésite à se dévoiler.

Quel mortel est plus fortuné que celui-là ? Et puisque c'est l'art qui nous enseigne, qui nous aide à goûter de telles jouissances, qui niera qu'il ne nous soit infiniment utile ?

Mais il ne s'agit pas seulement des voluptés intellectuelles. Il s'agit de bien plus. L'art indique aux hommes leur raison d'être. Il leur révèle le sens de la vie, il les éclaire sur leur destinée et par conséquent les oriente dans l'existence.

Quand Titien peignait une société merveilleusement

aristocratique où chaque personnage portait écrit sur son visage, empreint dans ses gestes et noté dans son costume l'orgueil de l'intelligence, de l'autorité et de la richesse, il proposait aux patriciens de Venise l'idéal qu'ils eussent voulu réaliser.

Quand Poussin composait des paysages où semble régner la Raison, tant l'ordonnance en est claire et majestueuse ; quand Puget gonflait les muscles de ses héros ; quand Watteau abritait sous de mystérieux ombrages ses amoureux charmants et mélancoliques ; quand Houdon faisait sourire Voltaire et courir légèrement Diane chasseresse, quand Rude, en sculptant sa *Marseillaise*, appelait au secours de la patrie les vieillards et les enfants, ces grands maîtres français polissaient tour à tour quelques-unes des facettes de notre âme nationale, qui, l'ordre, qui, l'énergie, qui, l'élégance, qui, l'esprit, qui, l'héroïsme, tous la joie de vivre et d'agir librement, et ils entretenaient chez leurs compatriotes les qualités distinctives de notre race.

Le plus grand artiste de notre temps, Puvis de Chavannes, ne s'est-il pas efforcé de répandre sur nous la douce sérénité à laquelle nous aspirons tous ? Ses sublimes paysages, où la Nature sacrée semble bercer sur son sein une humanité aimante, sage, auguste et simple à la fois, ne sont-ils point pour nous d'admirables leçons ? Assistance aux faibles, amour du travail, dévouement, respect de la haute pensée, il a tout exprimé, cet incomparable génie ! C'est une merveilleuse lumière sur notre époque. Il suffit de regarder l'un de ses chefs-d'œuvre, sa *Sainte Geneviève*, son *Bois Sacré* de la Sorbonne ou bien son magnifique *Hommage à Victor Hugo* dans l'escalier de l'Hôtel de Ville, pour se sentir capable de nobles actions.

Les artistes et les penseurs sont comme des lyres

infiniment délicates et sonores. Et les vibrations que tirent d'eux les circonstances de chaque époque se prolongent chez tous les autres mortels.

Sans doute les hommes capables de goûter de très belles œuvres d'art sont rares ; et, d'ailleurs, dans les musées ou même sur les places publiques elles ne sont regardées que par un nombre restreint de spectateurs. Mais les sentiments qu'elles contiennent ne finissent pas moins par s'infiltrer jusque dans la foule. Au-dessous des génies, en effet, d'autres artistes de moindre envergure reprennent et vulgarisent les conceptions des maîtres ; les écrivains sont influencés par les peintres, comme ceux-ci le sont par les littérateurs : il y a un continuel échange de pensées entre tous les cerveaux d'une génération ; les journalistes, les romanciers populaires, les illustrations, les dessinateurs d'images mettent à la portée de la multitude les vérités que de puissantes intelligences ont découvertes. C'est comme un ruissellement spirituel, comme un jaillissement qui se déverse en de multiples cascades, jusqu'à former la grande nappe mouvante qui représente la mentalité d'un temps.

Et il ne faut pas dire, comme on en a l'habitude, que les artistes ne font que refléter les sentiments de leur milieu. Ce serait déjà beaucoup. Car il n'est pas inopportun de présenter aux autres hommes un miroir pour les aider à se connaître. Mais ils font davantage. Certes, ils puisent largement au fonds commun amassé par la tradition, mais ils accroissent aussi ce trésor. Ils sont vraiment des inventeurs et des guides.

Il suffit, pour s'en convaincre, d'observer que la plupart des maîtres précédèrent, et de beaucoup parfois, le temps où triompha leur inspiration. Poussin peignit sous Louis XIII nombre de chefs-d'œuvre dont la noblesse régulière présage le caractère du règne suivant. Watteau, dont la grâce nonchalante paraît avoir présidé à tout le règne de Louis XV, ne vécut pas sous ce roi, mais sous Louis XIV et mourut sous le Régent. Chardin et Greuze, qui, en célébrant le foyer bourgeois, annoncèrent semble-t-il, une société démocratique, vécurent sous la monarchie. Prud'hon, mystique, doux et las, revendiqua au milieu des stridentes fanfares impériales le droit d'aimer, de se recueillir, de rêver, et il s'affirma comme le précurseur des romantiques... Et plus près de nous, Courbet et Millet n'ont-ils pas évoqué sous le second Empire les fatigues et la dignité de la classe populaire, qui, depuis, sous la troisième République, a conquis une place si prépondérante dans la société.

Je ne dis pas que ces artistes aient déterminé les grands courants où se reconnaît leur esprit. Je dis seulement qu'ils ont inconsciemment contribué à les former; je dis qu'ils ont fait partie de l'élite intellectuelle qui créa ces tendances. Et, bien entendu, cette élite n'est point composée des artistes seuls, mais aussi des écrivains, philosophes, romanciers et publicistes.

Ce qui prouve encore que les maîtres apportent à leur génération des idées et des inclinations nouvelles, c'est que souvent ils ont grand'peine à les faire accepter. Ils passent parfois presque toute leur vie à lutter contre la routine. Et plus ils ont de génie, plus ils ont de chances d'être longtemps méconnus. Corot, Courbet, Millet, Puvis de Chavannes, pour ne citer que ceux-là, n'ont été unanimement acclamés que sur la fin de leur carrière.

On ne fait pas impunément du bien aux hommes. Du moins, par cette obstination à enrichir l'âme humaine, les maîtres de l'art ont mérité que leur nom fût sacré après leur mort.

Voilà, mes amis, ce que je voulais vous dire sur l'utilité des artistes.

IV

Je déclarai que j'étais persuadé.

— Je ne demandais qu'à l'être, fit à son tour Bourdelle ; car j'adore mon métier, et ma boutade de tout à l'heure me fut soufflée sans doute par quelque mélancolie passagère ; ou plutôt, désireux d'entendre l'apologie de ma profession, j'ai agi comme ces femmes coquettes qui se plaignent d'être laides pour provoquer les compliments.

Il y eut quelques instants de silence : car nous songions à ce qui venait d'être dit. L'appétit d'ailleurs n'y perdit rien et les fourchettes firent merveille pendant cette trêve.

Puis, m'avisant que Rodin s'était modestement oublié en indiquant l'influence spirituelle des maîtres :

— Vous-même, lui dis-je, vous aurez exercé, sur votre époque, une action qui, certainement, se prolongera sur les générations prochaines.

En célébrant avec tant de force notre être intérieur, vous aurez aidé à l'évolution de la vie moderne.

Vous avez montré la valeur immense que chacun de nous aujourd'hui attache à ses pensées, à ses tendresses, à ses songes et souvent aux égarements de sa passion. Vous avez consigné les ivresses amoureuses, les rêveries virginales, les fureurs du désir, les vertiges de la méditation, les élans d'espérance, les crises d'accablement.

Sans cesse, vous avez exploré le domaine mystérieux de la conscience individuelle et vous l'avez découvert toujours plus vaste.

Vous avez observé que dans l'ère où nous entrons, rien n'a autant d'importance pour nous que nos propres sentiments, notre propre personne intime. Vous avez vu que chacun de nous, homme de pensée, homme d'action, mère, jeune fille, amante, faisait de son âme le centre de l'univers. Et cette disposition qui chez nous était presque inconsciente, vous nous l'avez révélée à nous-mêmes.

A la suite de Victor Hugo, qui, magnifiant dans la poésie les joies et les tristesses de l'existence privée, a chanté la mère près du berceau de son enfant, le père sur la tombe de sa fille, l'amant devant ses souvenirs de bonheur, vous avez exprimé, dans la sculpture, les plus profondes, les plus secrètes émotions de l'âme.

Et nul doute que cette puissante vague d'individualisme qui passe sur la vieille société ne la modifie peu à peu. Nul doute que, grâce aux efforts des grands artistes et des grands penseurs qui invitent chacun de nous à se considérer comme un but suffisant pour lui-même et à vivre selon son cœur, l'humanité ne finisse par balayer toutes les tyrannies qui compriment encore l'individu et ne supprime les inégalités sociales qui asservissent ceux-ci et ceux-là, le pauvre au riche, la femme à l'homme, le faible au fort.

Vous aurez beaucoup travaillé, vous, par la sincérité de votre art, à l'avènement progressif de cet ordre nouveau.

Là-dessus, Bourdelle de dire :

— Jamais l'on n'a parlé plus juste.

Mais Rodin, avec un sourire :

— Votre grande amitié m'accorde une trop belle place parmi les champions de la pensée moderne.

Il est vrai du moins que j'ai cherché à être utile, en formulant aussi nettement que je l'ai pu ma vision des êtres et des choses.

Despiau dégustait en connaisseur un petit verre de vieux marc.

— Je retiendrai l'adresse de ce restaurant, fit-il.

— Ma foi, lui dis-je, j'y prendrais volontiers pension si le maître Rodin y venait converser tous les jours avec ses élèves.

Un instant après, Rodin reprit :

— Si j'ai insisté sur notre utilité et si j'y insiste encore, c'est que, seule, cette considération dans le monde où nous vivons peut nous ramener les sympathies auxquelles nous avons droit.

L'on ne se préoccupe aujourd'hui que d'intérêt : je voudrais que cette société pratique se convainquît qu'elle a au moins autant d'intérêt à honorer les artistes que les usiniers et les ingénieurs.

Testament

JEUNES GENS QUI VOULEZ ÊTRE LES OFFICIANTS DE LA BEAUTÉ, PEUT-ÊTRE VOUS PLAIRA-T-IL DE TROUVER ICI LE RESUMÉ D'UNE LONGUE EXPÉRIENCE.

Aimez dévotement les maîtres qui vous précèdèrent.

Inclinez-vous devant Phidias et devant Michel-Ange. Admirez la divine sérénité de l'un, la farouche angoisse de l'autre. L'admiration est un vin généreux pour les nobles esprits.

Gardez-vous cependant d'imiter vos aînés. Respectueux de la tradition, sachez discerner ce qu'elle renferme d'éternellement fécond : l'amour de la Nature et la sincérité. Ce sont les deux fortes passions des génies. Tous ont adoré la Nature et jamais ils n'ont menti. Ainsi la tradition vous tend la clé grâce à laquelle vous vous évaderez de la routine. C'est la tradition elle-même qui vous recommande d'interroger sans cesse la réalité et qui vous défend de vous soumettre aveuglément à aucun maître.

Que la Nature soit votre unique déesse.

Ayez en elle une fois absolue. Soyez certains qu'elle

n'est jamais laide et bornez votre ambition à lui être fidèles.

Tout est beau pour l'artiste, car en tout être et en toute chose, son regard pénétrant découvre le *caractère*, c'est-à-dire la vérité intérieure qui transparaît sous la forme. Et cette vérité, c'est la beauté même. Etudiez religieusement : vous ne pourrez manquer de trouver la beauté, parce que vous rencontrerez la vérité.

Travaillez avec acharnement.

Vous, statuaires, fortifiez en vous le sens de la profondeur. L'esprit se familiarise difficilement avec cette notion. Il ne se représente distinctement que des surfaces. Imaginer des formes en épaisseur lui est malaisé. C'est là pourtant votre tâche.

Avant tout, établissez nettement les grands *plans* des figures que vous sculptez. Accentuez vigoureusement l'orientation que vous donnez à chaque partie du corps, à la tête, aux épaules, au bassin, aux jambes. L'art réclame de la décision. C'est par la fuite bien accusée des lignes, que vous plongez dans l'espace et que vous vous emparez de la profondeur. Quand vos plans sont arrêtés, tout est trouvé. Votre statue vit déjà. Les détails naissent et ils se disposent ensuite d'eux-mêmes.

Lorsque vous modelez, ne pensez jamais en *surface*, mais en *relief*.

Que votre esprit conçoive toute superficie comme l'extrémité d'un volume qui la pousse par-derrière. Figurez-vous les formes comme pointées vers vous. Toute vie surgit d'un centre, puis elle germe et s'épanouit du dedans au dehors. De même, dans la belle sculpture, on devine toujours une puissante impulsion intérieure. C'est le secret de l'art antique.

Vous, peintres, observez de même la réalité en profondeur. Regardez, par exemple, un portrait peint par Raphaël. Quand ce maître représente un personnage de face, il fait fuir obliquement la poitrine et c'est ainsi qu'il donne l'illusion de la troisième dimension.

Tous les grands peintres sondent l'espace. C'est dans la notion d'épaisseur que réside leur force.

Souvenez-vous de ceci : il n'y a pas de traits, il n'y a que des volumes. Quand vous dessinez, ne vous préoccupez jamais du contour, mais du relief. C'est le relief qui régit le contour.

Exercez-vous sans relâche. Il faut vous rompre au métier.

L'art n'est que sentiment. Mais sans la science des volumes, des proportions, des couleurs, sans l'adresse de la main, le sentiment le plus vif est paralysé. Que deviendrait le plus grand poète dans un pays étranger dont il ignorerait la langue ? Dans la nouvelle génération d'artistes, il y a nombre de poètes qui, malheureusement, refusent d'apprendre à parler. Aussi ne font-ils que balbutier.

De la patience ! Ne comptez pas sur l'inspiration. Elle n'existe pas. Les seules qualités de l'artiste sont sagesse, attention, sincérité, volonté. Accomplissez votre besogne comme d'honnêtes ouvriers.

Soyez vrais, jeunes gens. Mais cela ne signifie pas : soyez platement exacts. Il y a une basse exactitude : celle de la photographie et du moulage. L'art ne commence qu'avec la vérité intérieure. Que toutes vos formes, toutes vos couleurs traduisent des sentiments.

L'artiste qui se contente du trompe-l'œil et qui reproduit servilement des détails sans valeur ne sera jamais un maître. Si vous avez visité quelque *campo santo* d'Italie, sans doute avez-vous remarqué avec quelle puérilité les artistes chargés de décorer les tombeaux s'attachent à copier, dans leurs statues, des broderies, des dentelles, des nattes de cheveux. Ils sont peut-être exacts. Ils ne sont pas vrais, puisqu'ils ne s'adressent pas à l'âme.

Presque tous nos sculpteurs rappellent ceux des cimetières italiens. Dans les monuments de nos places publiques, on ne distingue que redingotes, tables, guéridons, chaises, machines, ballons, télégraphes. Point de vérité intérieure, donc point d'art. Ayez horreur de cette friperie.

Soyez profondément, farouchement véridiques. N'hésitez jamais à exprimer ce que vous sentez, même quand vous vous trouvez en opposition avec les idées reçues. Peut-être ne serez-vous pas compris tout d'abord. Mais votre isolement sera de courte durée. Des amis viendront bientôt à vous : car ce qui est profondément vrai pour un homme l'est pour tous.

Pourtant pas de grimaces, pas de contorsions pour attirer le public. De la simplicité, de la naïveté !

Les plus beaux sujets se trouvent devant vous : ce sont ceux que vous connaissez le mieux.

Mon très cher et très grand Eugène Carrière, qui nous quitta si vite, montra du génie à peindre sa femme et ses enfants. Il lui suffisait de célébrer l'amour maternel pour être sublime. Les maîtres sont ceux qui regardent avec leurs propres yeux ce que tout le monde a vu et qui savent apercevoir la beauté de ce qui est trop habituel pour les autres esprits.

Les mauvais artistes chaussent toujours les lunettes d'autrui.

Le grand point est d'être ému, d'aimer, d'espérer, de frémir, de vivre. Etre homme avant d'être artiste! La vraie éloquence se moque de l'éloquence, disait Pascal. Le vrai art se moque de l'art. Je reprends ici l'exemple d'Eugène Carrière. Dans les expositions, la plupart des tableaux ne sont que de la peinture : les siens semblaient, au milieu des autres des fenêtres ouvertes sur la vie!

Accueillez les critiques justes. Vous les reconnaîtrez facilement. Ce sont celles qui vous confirmeront dans un doute dont vous êtes assiégé. Ne vous laissez pas entamer par celles que votre conscience n'admet pas.

Ne redoutez pas les critiques injustes. Elles révolteront vos amis. Elles les forceront à réfléchir sur la sympathie qu'ils vous portent et ils l'afficheront plus résolument quand ils en discerneront mieux les motifs.

Si votre talent est neuf, vous ne compterez d'abord que peu de partisans et vous aurez une foule d'ennemis. Ne vous découragez pas. Les premiers triompheront : car ils savent pourquoi ils vous aiment : les autres ignorent pourquoi vous leur êtes odieux; les premiers sont passionnés pour la vérité et lui recrutent sans cesse de nouveaux adhérents : les autres ne témoignent d'aucun zèle durable pour leur opinion fausse; les premiers sont tenaces, les autres tournent à tous les vents. La victoire de la vérité est certaine.

Ne perdez pas votre temps à nouer des relations mondaines ou politiques. Vous verrez beaucoup de vos confrères arriver par l'intrigue aux honneurs et à la fortune : ce ne sont pas de vrais artistes. Certains d'entre eux sont cependant très intelligents et si vous entreprenez de lutter avec eux sur leur terrain, vous consumerez autant de temps qu'eux-mêmes, c'est-à-dire toute votre existence : il ne vous restera donc plus une minute pour être artiste.

Aimez passionnément votre mission. Il n'en est pas de plus belle. Elle est beaucoup plus haute que le vulgaire ne le croit.

L'artiste donne un grand exemple.

Il adore son métier : sa plus précieuse récompense est la joie de bien faire. Actuellement, hélas ! on persuade aux ouvriers pour leur malheur de haïr leur travail et de le saboter. Le monde ne sera heureux que quand tous les hommes auront des âmes d'artistes, c'est-à-dire quand tous prendront plaisir à leur tâche.

L'art est encore une magnifique leçon de sincérité.

Le véritable artiste exprime toujours ce qu'il pense au risque de bousculer tous les préjugés établis.

Il enseigne ainsi la franchise à ses semblables.

Or, imagine-t-on quels merveilleux progrès seraient tout à coup réalisés si la véracité absolue régnait parmi les hommes !

Ah ! comme la société se déferait vite des erreurs
et des laideurs qu'elle aurait avouées
et avec quelle rapidité notre terre
deviendrait un Paradis !

Auguste Rodin

TABLE

Dans la collection
Les Cahiers Rouges

(dernières parutions)

Jacques Audiberti	*Les enfants naturels*
Lou Andreas-Salomé	*Friedrich Nietzsche à travers ses œuvres*
François Augiéras	*Le voyage des morts*
Louis Begley	*Une éducation polonaise*
Yves Berger	*Le Sud*
Emmanuel Berl et Jean d'Ormesson	*Tant que vous penserez à moi*
Patrick Besson	*Les frères de la consolation*
Lucien Bodard	*La vallée des roses*
Alain Bosquet	*Une mère russe*
Jacques Brenner	*Les petites filles de Courbelles*
Truman Capote	*Prières exaucées*
Hans Carossa	*Journal de guerre*
Blaise Cendrars	*Hollywood, la Mecque du cinéma*
André Chamson	*Le crime des justes*
Jacques Chardonne	*Ce que je voulais vous dire aujourd'hui*
Jacques Chardonne	*Propos comme ça*
Bruce Chatwin	*Le vice-roi de Ouidah*
Jacques Chessex	*L'ogre*
Jean-Louis Curtis	*La Chine m'inquiète*
André Dhôtel	*L'île aux oiseaux de fer*
Robert Dreyfus	*Souvenirs sur Marcel Proust*
Alexandre Dumas	*Catherine Blum*
Alexandre Dumas	*Jacquot sans Oreilles*
Ramon Fernandez	*Molière ou l'essence du génie comique*
Dominique Fernandez	*Porporino ou les mystères de Naples*
Ferreira de Castro	*La mission*
Ferreira de Castro	*Terre froide*
Georges Fourest	*Le géranium ovipare*
Jean Giono	*Le Serpent d'Étoiles*
René Girard	*Mensonge romantique et vérité romanesque*
Jean Giraudoux	*Adorable Clio*
Jean Giraudoux	*Lectures pour une ombre*
Jean Giraudoux	*Supplément au voyage de Cook*
Jean-Noël Gurgand	*Israéliennes*

Daniel Halévy	*Pays parisiens*
Knut Hamsun	*Au pays des contes*
Pierre Herbart	*Histoires confidentielles*
Pascal Jardin	*La guerre à neuf ans, suivi de Guerre après guerre*
Jean de La Varende	*Le Centaure de Dieu*
Antonine Maillet	*Les Cordes-de-Bois*
Antonine Maillet	*Pélagie-la-Charrette*
Luigi Malerba	*Saut de la mort*
Heinrich Mann	*Le sujet !*
Claude Mauriac	*André Breton*
François Mauriac	*Les chemins de la mer*
Jean Mauriac	*Mort du général de Gaulle*
André Maurois	*Choses nues*
André Maurois	*René ou la vie de Chateaubriand*
André Maurois	*Tourguéniev*
André Maurois	*Voltaire, suivi de Aspects de la biographie*
Paul Morand	*Rien que la terre*
Paul Nizan	*Antoine Bloyé*
Sandro Penna	*Poésies*
Raoul Ponchon	*La muse au cabaret*
Annie Proulx	*Nœuds et dénouement*
Raymond Radiguet	*Le diable au corps, suivi du Bal du comte d'Orgel*
Paul Reboux et Charles Muller	*A la manière de...*
Christine de Rivoyre	*Boy*
Christiane Rochefort	*Archaos*
Henry Roth	*L'or de la terre promise*
Jean-Marie Rouart	*Ils ont choisi la nuit*
Peter Schneider	*Le sauteur de mur*
Ignazio Silone	*Le secret de Luc*
Osvaldo Soriano	*Jamais plus de peine ni d'oubli*
Osvaldo Soriano	*Je ne vous dis pas adieu...*
Paul Theroux	*La Chine à petite vapeur*
Kenneth White	*Terre de diamant*
Jean-Didier Wolfromm	*Diane Lanster*
Jean-Didier Wolfromm	*La leçon inaugurale*
Stefan Zweig	*Fouché*
Stefan Zweig	*Magellan*
Stefan Zweig	*Marie Stuart*
Stefan Zweig	*Marie-Antoinette*

Cet ouvrage a été imprimé par

FIRMIN DIDOT
GROUPE CPI

Mesnil-sur-l'Estrée

pour le compte des Éditions Grasset
en octobre 2005

Imprimé en France

Dépôt légal : octobre 2005
N° d'édition : 14042 – N° d'impression : 76210
ISBN : 2-246-19247-1
ISSN : 0756-7170